마음의 꽃

저승 갈 때 가져갈 물건

마음의 꽃

발행일	2016년 05월 02일

지은이	권 선		
펴낸이	손 형 국		
펴낸곳	(주)북랩		
편집인	선일영	편집	김향인, 서대종, 권유선, 김예지
디자인	이현수, 신혜림, 윤미리내, 임혜수	제작	박기성, 황동현, 구성우
마케팅	김회란, 박진관, 김아름		
출판등록	2004. 12. 1(제2012-000051호)		
주소	서울시 금천구 가산디지털 1로 168, 우림라이온스밸리 B동 B113, 114호		
홈페이지	www.book.co.kr		
전화번호	(02)2026-5777	팩스	(02)2026-5747

ISBN	979-11-5987-002-6 03810(종이책)		979-11-5987-003-3 05810(전자책)

이 도서의 국립중앙도서관 출판예정도서목록(CIP)은 서지정보유통지원시스템 홈페이지(http://seoji.nl.go.kr)와
국가자료공동목록시스템(http://www.nl.go.kr/kolisnet)에서 이용하실 수 있습니다.
(CIP제어번호: CIP2016010695)

성공한 사람들은 예외없이 기개가 남다르다고 합니다.
어려움에도 꺾이지 않았던 당신의 의기를 책에 담아보지 않으시렵니까?
책으로 펴내고 싶은 원고를 메일(book@book.co.kr)로 보내주세요.
성공출판의 파트너 북랩이 함께하겠습니다.

권 선 지음

마음의 꽃

저승 갈 때 가져갈 물건

북랩 book Lab

1966년 약관 20세에 대통령 경제 정책 자문 기관인 경제과학심
의회의에 근무했었습니다. 이어서 해외경제연구소, 강남의 한국
종합전시장 건설본부를 거쳐 63빌딩 건설본부 총무과장으로 일
했고 대생기업에서 이사까지 했습니다. 30여년의 세월이었습니다.
그때의 경험담을 실어 보았습니다.

고려, 조선 시대의 큰 스승님들의 시와 나의 시를 실었습니다.
1987년부터 선에 관한 책들을 읽었습니다. 보조국사, 마조록, 육
조단경, 달마어록, 백일 법문, 자기를 바로 봅시다, 정감록, 조주록,
선의 황금시대, 경허 성우, 금강경 오가해 등 닥치는 대로 책을 사
서 보았습니다. 20년간 공부를 했지만, 사실 큰 깨달음 같은 건
없었습니다. 순간적으로 작은 깨달음에 놀란 적은 여러 번 있었
습니다. 암 수술 두 번 하고 지팡이에 의지하여 걸음을 걷다 보니,
육조 혜능 스승의 "마음속에는 모든 것을 다 갖추고 있다."는 말
에 수긍하는 정도일 뿐입니다.

내가 사랑하는 조국 산천 대한민국에 태어난 것을 감사하며 박

정희 대통령님을 만나 동시대에 같이 살면서 우리 형제자매들과 함께 이 땅의 가난을 말끔히 몰아낸 '조국 근대화' 일을 함께했다는 자부심으로 70평생을 살아왔습니다.

그리고 나는 63빌딩의 원조입니다. 나는 1980년 63빌딩 건설본부 총무과장 발령을 받고 현장에서 일했습니다. 준공 후에는 대생기업에 전보되어 부서장 6년 끝에 전략사업부 이사로 승진하여 63빌딩 옆에 신축 중인 어넥스 빌딩 신축사업에 주력하고 있었습니다.

97년 말에 느닷없이 터진 아이엠에프 사태 때, 나와 동료들 거의가 실직자가 되었습니다. '아이엠에프가 수습되면 복직할 수 있을까?' 하는 기대감에서 살았습니다. 그런데 어찌 된 영문인지 63빌딩 소유권을 정부에서 가져가 제3자에게 매각하였습니다. 그로부터 어느덧 16년이라는 세월이 흘러갔습니다.

내가 63빌딩 건설의 이야기를 쓰면서 신동아 그룹의 억울한 사정을 잠깐 언급했습니다. 이 글을 계기로 63빌딩 사태가 정상화되어 바로 잡히는 도화선이 되기를 바라는 마음에서입니다. 많은 독자분이 아이엠에프 때 일어난 신동아 그룹 해체 상황에 많은 관심을 기울여 주시면 고맙겠습니다.

이제 생이 얼마 남지 않은 말기 암 환자가 쓴 『마음의 꽃』 시로 생각하고 읽어 주시기 바라며, 다음 글은 23년간 공부한 기독교 성경 중에서 신약을 중심으로 예수그리스도가 인류를 구원하신 말씀집『사랑의 꽃』의 집필에 들어갔으며, 퇴옹 성철 스승 난에 내가 가장 존경 하옵는 한경직 목사님의 무소유의 정신을 함께 실었으니 잘 읽어보시고 하느님의 사랑을 실천하시기 바랍니다.

이 책은 독자 여러분들의 평상시에는 정신을 맑게 해 주는 역할을 할 것이며, 또 누구나 전전긍긍하는 죽음에 대한 불안을 완화시키는 데 다소 도움을 줄 수 있을 줄로 믿습니다.

2016년 봄
권 선 드림

마음의꽃

머리말 004

제1부 박정희 대통령 각하

경제과학심의회의   012
한국 경제학 박사 1호 고승제   019
박정희 대통령 각하   022
해외경제연구소   028
한국종합전시장   033
각하 서거하시다   036

제2부 63빌딩의 건설 이야기

건설 본부의 시작   040
금요 예배   046
토목 주임 우박 맞다   048
J주임의 장인어른   050
조 주임과 굴비 대가리   053
공사 현장의 로맨스   056
기술 협력과 일본인 기술자   063
63빌딩에 불이야!   067
출입 기자단의 협조   069
소방 검사와 준공   070
63빌딩을 빼앗겼어요   072

제3부 내 마음의 스승

보리 달마 스승_무공덕　　　　　　　　　　　078

육조 혜능 스승_마음이 본래 청정함　　　　082

마조 도일 스승_평상심 그대로도　　　　　086

운문 문언 스승_매일 매일이 참 좋은 날이다　091

선능 스승_아침마다 부는 새벽바람　　　　094

원감 충지 국사_가고 오는 대자유　　　　099

원감 충지 국사_옛 고향의 꿈　　　　　　103

소요 태능 스승_비단옷과 삼베옷　　　　　107

무학 자초 스승_나의 것　　　　　　　　112

함허당 득통 스승_자연과 나　　　　　　117

허응당 보우 스승_봄과 가을　　　　　　122

허응당 보우 스승_헛꿈　　　　　　　　125

허응당 보우 스승_마음의 현상　　　　　130

허응당 보우 스승_가는 봄　　　　　　　134

허응당 보우 스승_술잔보다 작은 바다　137

허응당 보우 스승_바위꽃　　　　　　　141

허응당 보우 스승_가난한 삶　　　　　　146

허응당 보우 스승_빈 절　　　　　　　　150

허응당 보우 스승_옳고 그름　　　　　　153

용악 혜견 스승_다음 생애　　　　　　　156

경허 성우 스승_깨달음의 노래　　　　　159

경허 성우 스승_돌로 만든 여자　　　　　163

경허 성우 스승_마지막 시　　　　　　　169

퇴옹 성철 스승_행복　　　　　　　　　173

제4부 마음의 꽃(권 선 시선)

영혼   180
상원사   183
첫눈   188
마음의 꽃   192
경칩   196

제5부 암 극복기

조부 조모 사부곡   210
장인 장모님 사모곡   213
아내의 사모곡   216

맺는말 218

제1부
박정희 대통령 각하

경제과학심의회의
한국 경제학 박사 1호 고승제
박정희 대통령 각하
해외경제연구소
한국종합전시장
각하 서거하시다

경제과학심의회의

이름만 불러도 힘과 용기가 생기고 즐거워지는 이 분. 오천 년 역사에 한 분 나올 수 있을 위대한 분. 1960~70년대의 조국 근대화로 뼈저리게 느끼고 골수에 맺혔던, 이 땅의 가난을 말끔히 씻어내시고 오늘날의 부유를 창조하도록 튼튼한 기초를 닦으신 위대하고 찬란한 그 이름 대통령 박정희 각하.

나는 1966년 2월부터 1971년 10월 까지 구헌법 118조에 있는 대통령 경제정책 자문기관인 경제과학심의회의(약칭 '경과심') 사무국 총무과 말단 직원으로 근무하면서 각하에게 올라가는 상임위원들의 건의서, 각하의 지시 사항에 대한 보고서 등 문서 수발과 또 각하의 재가문서 수령 등 청와대 경제수석 비서관실과 관계 되는 일 등을 수행했다. 특히 각하께서 경제기획원 8층에 있는 경과심에 수시로 오셔서 상임위원님들과 관계부처 장관들과 회의를 하실 때 회의장 준비, 회의 자료와 차트 준비 등 총무일을 담당했다.

몇 가지 내가 겪었던 사소한 일을 적어 보겠다.

회의장 담배갑에 20개비를 넣어놓고 새것 한 갑은 옆에 놓아 두었는데, 각하께서는 1시간 20분 회의를 하시는 동안 담배 20개비를 다 피우셨다.

나라 걱정, 특히 경제에 대해 얼마나 애간장이 타게 걱정이 되시면 저렇게 줄담배를 피우신단 말인가 하는 생각이 들었습니다. 그것도 꽁초가 남아 있지를 않고 필터만 남아 있도록 알뜰하게 피우셨다.

각하께서 경과심 의장이시기 때문에 회의를 자주하셨다. 때때로 회의를 하시면서 점심식사 시간이 되면 구내 식당에서 그날 메뉴를 시켜서 참석한 장관 등 관계자들과 같이 식사를 하셨는데, 멸치 국물에다 국수를 넣은, 지금으로 치면 장터국수를 냉면 사발에다 한 그릇 드시고는 맛있다고 칭찬하시고, 축산 진흥 방안을 논의하실 때는 칼국수도 자주 드셨다. 간혹 특별식이라면 명동에 있는 한일관에서 비빔밥을 시켜다 드셨다. 각하의 소박한 단면을 읽을 수 있었다.

경부 고속도로 기본계획 수립 시 각계각층의 반대 여론이 심할 때 상임위원이시던 주 원(전 서울 상대 교수) 박사께서 우리나라 최초의 고속도로 건설에 적극 찬성하셨다. 그후 주원 위원은 건설부장관에 임명되셔서 서울서 대전까지의 고속도로를 개통하시고 물러나 경과심 상임위원으로 다시 돌아오셨던 일이 기억에 남는다.

상임위원들이 각하께 올리는 건의서 가운데 '동서 횡단 전기 철도 기본 계획'이라는 것이 있었다.

문자 그대로 인천부터 강릉까지 전기철도를 놓는다는 계획이었는데, 1단계로 인천에서 서울까지, 수원에서 서울까지 전철이 개통되었다. 이것이 바로 오늘날 지하철의 시발이었다.

다음은 고승제 상임위원께 전해들은 이야기이다.

키스트에 보고를 받으러 가셨던 각하께서 차를 드시면서 "포항종합제철의 준공이 가까웠으니 법적 형태를 어떻게 했으면 좋겠는가?"라고 배석한 김학열(부총리겸 경제기획원 장관), 송인상(전 재무장관), 고승제(경과심 상임위원)에게 의견을 개진하라고 말씀하셨단다. 김학열 부총리는 물론 국영화를 주장하셨고, 고 박사님과 송 장관님은 민영화 쪽으로 말씀을 드렸다고 한다. 포스코는 지금도 주식회사이다.

경제과학심의회의 사무총장 김정무 장군(7사단장 역임)에게 들은 이야기이다. 대통령각하께서는 경과심 상임위원들에게 매월 하사금을 내려 보내셨다. 김 총장님이 각하께 직접 받아 위원들에게 전달하는 방식이었다. 한번은 김정무 총장님께서 각하께 "하사금은 그만 지급하시지요." 하고 말씀드렸더니, 각하께서는 "그냥 계속 갖다 드려."라고 말씀하셨단다. 각하의 속뜻은 무엇일까?

1965년이면 지금하고는 판이하게 다른 것이 한국 사회에 인재가 아주 귀할 때였다는 점이다. 1970년도 무렵 한국개발연구원(KDI)이 경과심 고승제 박사가 대통령 각하께 "우리 경제를 10년

마음의꽃

내지 20년 앞을 내다보는 경제 전문 연구 기구가 있어야 된다."라는 건의를 드러서 각하께서 대통령을 설립자로 하고 기금을 직접 출자하셔서 설립되었다. 이때도 외국에서 석, 박사를 취득하고 외국에서 일하고 있는 인재들을 국내로 영입할 때 파격적인 대우로 모셔왔다.

1976년 중동에 건설 붐이 일어나 중동문제연구소를 만들 때도 마찬가지였고, 1979년 국제경제연구원을 만들 때도 마찬가지였다. 고액의 월급에 차도 주고 거주할 아파트도 주었다. 그렇게 하지 않으면 인재를 영입할 수가 없었기 때문이며, 각하께서 나라를 위해 인재를 아끼는 마음이 무엇보다도 크기 때문이었다.

경제과학심의회의는 대통령 자문기관이다. 자문위원님들이 어떤 아이디어를 내는지 어떤 건의를 해 오는지는 대통령이 가장 잘 아실 수밖에 없다. 그러므로 많은 위원님들이 장관에 임명되셨다. 차균희 위원이 농림장관에 임명되셨고, 박동묘 위원이 농림장관에, 황종률 위원이 재무장관에, 홍승희 위원이 재무장관에, 김기형 위원이 초대 과학기술처장관에, 최형섭 위원이 과학기술처장관에, 천병규 위원이 재무장관에, 신태환 위원이 초대 국토통일원장관에, 주 원 위원이 건설부장관에, 태완선 위원이 건설부장관에, 남덕우 위원이 부총리에 임명되셨다.

또 각료를 마치고 경과심 위원으로 오신 분들도 있다. 문교장관 출신의 최규남 박사, 부총리 출신의 박충훈 씨, 재무장관 출신의 송인상 씨, 농림장관 출신의 장덕진 씨, 청와대 경제특보 출신인 김명윤 박사, 청와대 경제2수석비석관 출신인 신동식 박사, 주일 대사를 마치신 배의환 씨, 전 국회의원을 지내신 송방용 씨, 상업 은행장 출신의 임석춘 씨, 서울공대학장을 지내신 이 량 박사 등 참으로 많은 분들이 계셨다.

또 당시 행정고시파 등 하위직원의 면면을 보겠다.

7사단장을 역임하신 김정무 씨는 사무총장 출신이고, 경제기획 원 관리관 출신인 우윤희 씨도 사무총장 출신이다. 아웅산 폭파 사건 때 돌아가신 이기욱 재무차관은 하버드 대학 박사로 경과심 부이사관 출신이고, 같이 있다가 돌아가신 강인희 농림차관은 경 과심 서기관 출신이다. 철도청장을 지내신 김준배 씨는 이사관 출 신이다. 항만청장을 지내신 한준석 씨와 상사중재협회 회장을 지 내신 배기민 씨는 사무국장 출신이고, 국무총리 행정 조정실 조정 관 출신의 신창우 씨는 이사관 출신이다. 건설부 장관을 지내신 허재영 씨, 한국은행 총재를 지내신 전철환 씨, 변호사 차수명 씨, 상공부 국장을 지내신 김성락 씨, 무역협회 부회장을 지내신 유득 환 씨, 국제경제연구원 행정실장을 지내신 유옥준 씨, 경과심 심 의실장을 지내신 안기준 씨, 안영원 씨 등이 서기관 출신이다.

행정고시에 합격 또는 외사무관으로 근무한 분들은 상공장관 을 지내신 정해주, 재무장관을 지내신 고병우, 서울시 부시장을

마음의꽃

지내신 탁병호, 금융감독원장을 지낸 김종창, 지방자치연구에 권위자인 명지대학 교수 정세욱, 구로부청장을 지내신 김익수, 관세청 차장을 지내신 이강연, 산림청 차장을 지내신 강채수 씨, 국무총리 행정 조정실 조정관을 지내신 정강정 씨, 경무관 출신의 박일용 씨, 디자인 포장센터 이사장을 지내신 노장우 씨, 국토건설원 위원을 지내신 오진모 씨 등이 사무관 출신이다.

유일하게 11년 동안 장관자리에 나가지 않고 대통령 자문위원으로 남아 계신 분은 고승제 박사님뿐이다. 고승제 박사님은 1950년부터 1961년까지 서울상대 교수로서, 육군사관학교, 국방대학원 겸임 교수를 하셨다. 송요찬 장군님(전 4.19 때 계엄사령관, 국무총리 역임)은 어느 모임에서 만나면 고승제 박사님을 "우리 선생님"이라고 소개하곤 했다고 한다.

김영삼 대통령 각하께서 서울대학교 1학년 때 고 박사님의 "한국 경제론" 강의를 들은 바가 있고, 학맥으로는 변형윤 교수와 조순 교수가 이어 나가는 것으로 알고 있다. 고 박사님은 미국 펜실베이니아 대학 출판부에서 영문 저서 『동양 각국의 산업사』를 내시고 시카고대학 정교수로 계셨다. 학교에서 제공하는 아파트에 국내에서 사모님까지 오셔서 즐겁게 생활하고 계셨는데, 청와대로부터 귀국하시라는 연락을 받으셨다. 연말 개각 때 재무장관으로 입각하실 걸로 알고 계셨다고 한다. 시카고 대학 교수직을 사임하신 고 박사님은 1967년 9월 귀국하셨다. 부총리로부터 대통령 각하의 뜻임을 전제하고 전국의 산업시설 시찰을 제안받고 경제기획원의 이정우 과장과 같이 산업시찰에 나서셨다. 연말 개각 때 재무 장관으로 입각하지 못하셨다. 경제과학심의회의 위원이신 송인상(전 재무부장관 역임) 씨가 "고 박사는 외국에 너무 오래계셔서 국내 경제 사정에 어두울 수가 있으니 다음 개각 때 입각토록 하시라."고 각하께 건의드렸다고 한다.

한국 경제학 박사 1호
고승제

　고승제 박사님은 1968년 8월 1일부로 경제과학심의회의 상임위원으로 대통령 각하로부터 임명장을 받으셨다. 그로부터 1979년 2월까지 10년 6개월 동안 대통령 경제자문위원을 하신 것이다. 10년 동안 수출확대회의에 참석하신 분도 각하와 고 박사님 외에는 없을 것이다.

　한번은 수출확대회의에서 상공부 보고가 끝나고 각하께서 "고승제 박사 한 말씀 하시오." 하고 지시하셔서 수출산업에 대한 보고의 말씀을 30분에 걸쳐 하셨다. 중요 골자는 "한국의 모든 공장의 굴뚝에서 수출상품을 만드는 연기가 피어올라야 우리나라가 수출 입국으로 나아가는 지름길이 될 것입니다."라는 보고였다. 보고가 끝나자 각하께서 박수를 치시고 회의가 끝났다고 한다.

　각하께서 '전 산업의 수출화'라는 휘호를 쓰셨는데, 이때의 일이라고 하셨다.

경과심 상임위원 10년간 고 박사님은 무려 5권의 저서를 내셨으니 『한국 이민사』, 『한국 경영사』, 『한국 촌락사』, 『한국 경제사』, 『한국 근대화론』 등이다. 한 권당 250페이지 정도의 방대한 양이다. 그러면 고 박사님은 어떻게 책을 쓰시기 위한 기본 자료를 수집하셨는가?

예컨대 국립중앙도서관에서 조선 총독부 때 발간한 조사월보에 조선 토지조사령 같은 원고를 쓰시는 데 도움이 되는 자료가 들어 있으면 도서를 대출받아 사무실로 오셔서 나에게 지시하신다. 몇 페이지에서 몇 페이지까지 복사하여 스테이플러로 묶고 두꺼운 종이로 표지를 씌워서 공판 활자로 제목을 찍어 붙이면 하나의 자료가 되는 것이다.

또 청계천 등 고서점 책방에 수시로 들러 필요한 자료를 구입하셨다. 이렇게 하여 소장하신 도서가 40,000권이 넘어 대학 도서관 같은 양의 자료를 소장하셨다. 후일에 이르러 서울대학교 도서관에 전부 기증하셨다. 서울대학교 도서관은 고승제코너를 만든 것으로 알고 있다.

1979년 2월에 경과심에서 물러나시고 고령이시면서도 학문에 대한 열정은 계속되셨다. 한양대학교 교수로 취임하시고 행정대학원을 만드셔서 초대 대학원장을 하시면서도 저서를 쓰시는 일과는 계속되었다. 대통령 각하께서는 1979년 6월경 능률협회 회장을 만난 자리에서 고 박사의 안부를 묻고는 "고승제는 학자다운

학자다"라고 말씀하셨다고 한다.

대학교수를 정년퇴직하시고도 글을 쓰시는 일은 계속되어 『끝없는 도전』, 『다산을 찾아서』 등 2권의 저서를 내셨다. 서울대학교 경제학 박사 1호(법학박사 1호는 황산덕 교수, 철학박사 1호는 박종홍 교수)답게 평생 20여 권의 저서와 많은 논문집을 남기신 고 박사님은 1995년 12월 1일 운명하셨다. 경제학계의 큰 별이 떨어진 것이다. 남달리 자식같이 나를 대해 주시던 박사님이나 사모님의 명복을 빌면서 나와는 각별한 친구 사이인 둘째 아드님 고수삼(한국무역협회 통신편집국장 역임) 씨와 며느님 그리고 손자이신 고정식 씨와 손녀이신 고미경 씨가 현재 캐나다에 거주하고 계시는데 건투를 빕니다.

박정희 대통령 각하

대통령 각하를 회의장 준비를 마치고 나오다가 정면으로 마주친 적이 있다. 내 키가 163cm이고 체중이 당시 55kg일 때인데, 각하의 키나 몸집이 나와 거의 비슷했다. 다만 그 눈이 용안 용안하지만, 역대 대통령 중에 용안을 가지셨던 분은 박 대통령 각하 한 분이라고 생각한다.

나는 돌아가신 조부님의 DNA를 이어받아 신기도 조금 있었고 관상도 좀 볼 줄 알았는데, 부처님 말씀에 "그런 일은 옳지 않다."라는 구절을 보고 다 버렸지만 어쨌든 박 대통령 각하처럼 용안을 가지신 분은 타심통이라는 상대편의 마음을 미리 거의 다 알아버리는 능력을 가지고 있게 된다.

나는 말기암 환자이므로 다음 분들이 대통령을 할 때쯤이면 이 세상에 없을 것이다. 다만 내가 다음 분들에게 부탁하고 싶은 말이 있다.

역사라고 하는 집을 짓는다고 생각하고 집을 짓는 데 벽돌 한

장 올려 놓는 마음으로 대통령 직을 수행해 달라는 것이다.

기둥을 세운다던지 대들보를 세운다든지 하는 일은 박정희 대통령 각하께서 다 이루어 놓았으니, 다음 대통령들이 너무 많은 일을 하려고 하면 임기 5년제 단임 대통령으로서는 할 시간이 절대 부족하다.

노태우 대통령처럼 일산 평촌 분당 등에 신도시를 만든다든지, 노무현 대통령님처럼 첫째 부동산 투기를 강력하게 막는다든지, 둘째 세종시를 만드는 데 후임 대통령이 바꿀 수 없게 대못을 박아놓는다든지, 셋째 가난한 국민들이 5대 중증질환에 걸리면 국가에서 모든 비용을을 내고 본인은 비용의 5%만 부담하는 제도를 만든다든지, 이명박 대통령처럼 4대 강 유역을 개발한다든지, 이렇게 뚜렷한 법안 몇 개만 만들어 시행할 것을 권유하고 싶다.

그 후에도 박 대통령 각하를 아주 가까운 거리에서 본 것은 중앙청 광장에서 개최된 대통령 취임식 때 국가안전보장회의 직원 몇 명하고 경과심 직원 몇 명 등 우리 대통령실 직원들은 바로 청와대 정문 앞에서 취임식장에 가시는 각하를 환영했을 때의 일이다.

용인 신갈에서 식목일 기념식 때 맨 앞줄에 서 있던 나는 걸어서 들어오시는 각하의 모습을 똑똑히 볼 수가 있었다. 특유의 걸음걸이에 점퍼 차림과 운동모를 쓰시고 시골 농부들처럼 검게 탄 얼굴이었다.

광복절 기념식 때 세종문화 회관에서 앞줄에 있던 나는 국기에 대한 경례를 할 때 단상에서 뒤돌아 서신 각하의 뒷모습을 자세히 볼 수 있었다. 솔직한 상이었다.

각설하고, 1980년 이른바 '서울의 봄' 당시 나는 한양대학교 행정대학원 학생이었다. 그날도 학교에서 민법의 김기수 교수님과 행정법의 강문용 교수님의 강의를 듣고 광명시 집에 와서 낮잠을 자는데, 꿈에 박 대통령 각하께서 나타나셨다. 깨끗한 양복 차림에 경호원들이 몇 분 같이 보였다. 각하께서 하시는 말씀이 "나는 전두환이를 반대하지 않아." 하고 가셨다.

꿈에서 깨어난 나는 전두환이가 누군가? 하고 생각해보니 시해사건 발표하던 보안사령관 생각이 났다. TV에서 그때까지 딱 한 번 본 사람인데, 각하께서 저렇게 말씀하시는 걸 보니 당시 국민들이 알고 있는 추세는 3김 중에 한 사람이 대통령이 되는 것으로 알고 있었는데, "김영삼, 김대중, 김종필 세 분은 안 되겠구나. 전두환이 집권하겠구나!" 하고 혼자 그렇게 생각하고 있었다.

박 대통령 각하가 꿈속에서 나에게 예시하신 것은 전두환이 대통령이 되는 것이었는데, 내 개인에게도 큰 예시가 있었던 것을 훗날 알았다. 나는 63빌딩을 짓는 데 원조 같은 사람이다. 63층 높이의 건물은 높이가 고도 제한에 걸려 신축은 엄두도 못 낼 때인데, 이 고도제한을 앞장서서 풀고 건축 허가를 허용하고 자기 임기 중에 우리나라에서 가장 높은 건물을 지었다는 업적을 남기기 위해 물심양면으로 응원한 것은 바로 전두환 대통령인 것이다.

마음의꽃

나는 1980년 5월 1일 약관 32세의 젊은 나이에 63빌딩 건설본부 총무과장을 하고 관리부 차장을 거쳐 1985년 건물 준공이후는 63빌딩 운영 영업을 하는 대생기업에서 6년간의 각 부서의 부장을 거쳐 이사가 되어 17년을 근무했는데, IMF 외환위기라고 하는 큰 파도에 휩쓸려 퇴직하게 되는 것이다.

부장 시절에 63헬스센터가 나의 소관 업무일 때에 헬스회원이었던 노태우 후보와 김영삼 후보가 대통령이 되는 과정을 자세히 지켜본 나이지만, 그 이야기는 너무 길어 여기서는 생략하고자 하나 노태우 후보는 나를 대통령 중앙선거 대책위원회의 지도위원에 위촉하였기 때문에 불교 쪽의 일 세 가지를 내 아이디어로 내 돈을 써가며 해드렸다.

첫째, 불교 방송국 설립을 약속하는 노 후보의 친서를 휴대하고 합천 해인사 백련암으로 성철 종정을 찾아뵙는 일.

둘째, 불교 신문에 노 후보 지지 광고를 오단통으로 8회 연속 게제하는 일.

셋째 노 후보의 당선 기원문을 표구하여 전국 주요 사찰에 배포하는 일 등을 수행했다.

김영삼, 김대중, 노태우 3파전에서 노태우 후보가 당선되셨고

재임 중 88올림픽 개최, 분당 일산 평촌등 신도시 개발, 6·29 민주화 선언을 실천에 옮기려고 애쓰셨다고 생각한다.

그 후로는 박 대통령 각하를 꿈에서 못 보았다. 2012년 12월 박

근혜 후보와 문재인 후보가 열심히 선거운동을 하는 중에도 각하는 꿈에 나타나지 않았다. 오히려 꿈에 노무현 대통령이 문재인 후보 손을 잡고 나의 고향마을로 들어 오는 꿈을 꾸었다. 아침에 일어나 우선 로또 복권을 5000원 주고 5개를 구입했다. 대통령 꿈을 꾸었으니 혹시나 하고 구입했더니, 그 중 하나가 꼴찌 위의 등에 당첨되었다. 다음에 꿈풀이를 해보았다.

예전에 정승 판서들이 자리에서 물러나면 고향으로 낙향을 했었다. 율곡 이이 선생이 벼슬에 임명되면 대관령을 넘어오고 그만두면 넘어가고 몇 번을 그렇게 했다고 기록에 나온다. 그렇다면 낙향이라는 것이 무엇을 뜻하는지 알 수 있었다. 아무에게도 얘기하지 않고 혼자만 알고 있었다.

말이 나온 김에 도참설이라고 하는 민간에 전해오는 『정감록』이라는 예언서가 있다. 이 예언서를 쓴 저자는 밝혀지지가 않았고 쓴 저자에 따라서 정감록 내용도 판이하게 달라진다. 신라 중기에 진표울사는 '우물 정(井)' 자를 쓰는 정감록 설을, 신라 말기에 태조 왕건의 고려 창업을 예언한 도선 스님이라는 설과 태조 이성계의 조선창업을 예언한 무학 대사라는 설과 토정비결을 쓴 이지함이라는 설 등 저자가 다섯 명이 넘는다. 『정감록』에 노태우 대통령의 당선을 예언한 것은 다음과 같다.

"푸른 원숭이가 바다 한가운데 큰 모래성을 쌓는다." 다른 정감록에는 "중인 것 같은데 중은 아니다." 또 다른 정감록에는 "비산비야다." 이렇게 되어 있다. 푸른색 옷을 입은(군인 출신) 원숭이 띠(노태우의 띠)가 바다 한가운데에다 모래성을 쌓는 만큼 어리석음(태우)이다. '중인 것 같은데 중은 아니다'란 '불교 신자'를 뜻하고, 비산비야, 즉 '산도 아니고 들판도 아니다'란 '도시'를 말한다.

다음 노무현 대통령의 당선을 예언한 것은 다음과 같다. "무초석 양천허 정도령", 즉 뿌리가 없는 사람이 두 번 하늘의 허가를 받아 대통령이 된다.

무초석. 민주당 경선 때 상대는 이인제 의원이다. 이인제 의원은 서울 법대 출신이지만, 노무현 대통령은 고졸 출신이다.

양천허. 민주당 당내 경선과 대선 두 번에 걸쳐 이겼다.

정도령. 대통령에 당선되었다.

도참사상은 국민이 헐벗고 굶주릴 때 정도령이라는 구세주가 나타나 주길 바라는 국민의 민심을 다소 위로해주는 의미는 있다. 하지만 100% 모두 믿는 것은 과학시대에 걸맞지 않다고 생각한다.

해외경제연구소

1971년 6월 청와대 수출진흥확대회의에서 대통령각하 께서 "동구 공산권, 즉 폴란드, 항가리, 루마니아, 소련 등에 수출을 해야겠다. 중공, 북한을 포함하는 공산권 경제 전문연구소를 설립하고, 중앙정보부도 자료수집에 적극적으로 지원하라."는 지식 각서가 하달되었다.

내가 근무하고 있던 경제과학심의회의 고승제 상임위원이 이 지시를 수행하는 걸로 연구소 설립을 시작했다. 법인의 성격은 한국무역협회부설 연구소로 예산은 수출특계자금으로 하고 초대 이사장은 홍승희(전 재무장관, 외환은행장, 초대 해외 건설협회장, 초대 증권감독원장 역임) 씨로 각하의 재가가 났다.

1971년 10월, 하루는 사무실에 있는데, 고승제 박사 비서관인 김익수 서기관(뒷날 구로부청장)이 고박사가 찾으신다고 연락이 와서 박사님 방에 같더니 홍승희 위원님하고 같이 계셨다.

고 박사님 말씀이 홍 장관님께서 연구소를 창설하시는데, 도와

줄 사람이 없으니 자네가 좀 도와드리면 좋겠다고 의견을 물어오셨다. 즉석에서 그렇게 하겠다고 말씀드렸다. 홍 장관님께서 미도파 백화점 옆에 있는 효성 빌딩 6층으로 출근하라고 해서 그렇게 했다. 그냥 텅 빈 사무실에 책상 하나 의자 하나만 놓여 있었다.

사무실 칸막이를 이사장실, 사무국, 연구실, 도서실, 도서실 내 불온 간행물 보관실 등으로 나누어 공사를 맡기고 책상, 의자, 캐비닛, 복사기 등을 구입하고 채비를 갖추어 나갔다.

홍 장관님은 사람 구하는 데 애를 먹고 계셨다. 그런 결과 중앙정보부 ○○국 부국장, 정 모 차장보 특보, 산업은행 조사부장, 코트라 부장과 무역협회 조사부장 등과 연구원으로 서울상대 졸업생 4명 등을 우선 영입해 오셨다.

그리고 비상임위원으로 고대 아시아문제 연구소장이신 김준엽 박사님, 중앙정보부 ○○○○국장 강인덕 씨, 부산대학교 민병채 교수님 등을 위촉하셨다.

드디어 11월 1일 개소식이 열렸다. 상공장관 이낙선 씨, 경제과학심의회의 고승제 박사, 안광호 코트라 사장, 무역협회 이활 회장 등이 테이프를 끊으셨다.

연구소 개소식이 끝났으므로 경과심으로 돌아가겠다고 홍장관님께 말씀 드렸더니, 우리하고 연구소에 같이 있자고 말씀하신다. 정부종합청사 18층으로 고 박사님을 찾아가 말씀드렸더니 언제든지 경제과학심의회의로 되돌아오고 싶으면 그렇게 하는 걸로 말

씀을 들고, 공무원직을 사직하고 해외경제연구소

에 발령을 받았다. 경과심에서 4급을 주사보 월급이 16,000원이던 것이 연구소에서는 35,000원이었으니, 공무원과 민간단체와 급여 차이가 그렇게 크게 날 때였다.

해외경제연구소에서는 무슨 일들을 했는가? 우선 예컨대 북한의 로동신문이나 김일성 저작 선집 기타 소련이나 중공 같은 공산권 서적이나 자료를 소지하고 탐독하는 것은 불법이므로 불온간행물 취급인가를 받고 중앙정보부에 직원○○○○를 마치고 나서야 자료를 보는 순서로 하여 자체 보안업무규정을 만들고 스스로 보안 담당관이 되었다. 경과심에서 2급 비밀취급인가를 받고 비밀문서를 다루어보고 보안감사를 받아본 사람은 연구소에서 나뿐이므로 그렇게 하였다.

해외경제연구소 홍승희 이사장님께서 해외로 자료 수집차 직접 출장을 가셨다. 소련, 중공, 동구공산권 경제자료는 국내에서는 황무지였던 시절이었다.

홍 장관님께서 일본(조총련)에서 구입한 자료가 몇 상자씩 들어오기 시작했다. 그 자료들을 연구요원들은 분석을 시작했고

소련, 중공 외 공산권 국가들에 무역편람이 출판되었고, 격월간으로 동서경제라는 전문지가 출판되었다.

동구 공산권 국가들은 의외로 우리보다 잘살았고 좋은 수출 시장이었다. 소련에서는 우리나라 제일모직에서 생산된 옷감으로

양복들을 해 입고 있었다. 일본에서 옷감을 우리한테 수입해서 소련에다 파는 방식이었다. 재주는 곰이 부리고 돈은 다른 사람이 먹는 식이었다. 연구 보고서들은 수출업체에게 배포되기 시작했다. 삼성 대우 등 대기업에서 자료 수집차 많이 방문했었고, 서울 상대 교수님 등 학계에서도 많이 방문하셨고, 중앙정보부와도 긴밀하게 협조 관계를 유지했고, 대공 업무에 많은 도움을 주었고 도움을 받았다.

1972년 7, 4 남북공동선언문이 발표되기 전, 상공부로부터 '남북 경제교류가능성과 전망'에 대하여 수출확대회의에서 대통령 각하께 보고할 준비를 하라고 연락이 왔다. 중정 출신인 장연호 실장이 중심이 되어 보고서가 작성되고 무사히 보고도 끝내었다. 주요 골자는 남북한이 바타무역, 즉 물물교환으로 우리는 소비재를 올려보내고 북은 광물질을 내려보내는 교역방식을 채택하는 것이 바람직하다는 내용이었다.

1971년부터 해외경제연구소를 설립하여 소련, 중국, 동구권 국가들의 경제를 체계적으로 알고 있었다는 사실은 지금 이들 국가와 우리의 교역량을 생각해보면 대통령 각하의 선견지명은 남달랐다는 것이 또 한 번 입증되고도 남는다.

해외경제연구소 시절 중앙정보부 ○○○○국장의 초청으로 ○국 회의실에서 북한의 홍보영화를 보았다. 내용은 사과를 따서 소련에 수출하는 것과 김일성 주석의 농민들과의 대화 등이 특이

했고, 그때만 해도 우리보다 잘사는 느낌을 받았다. 영화를 상영 중에는 내가 지금 평양에 있는지 서울에 있는지 착각이 들 정도였다.

한국종합전시장

이제 민족의 위대한 지도자 박 대통령 각하와의 마지막 인연을 얘기하고 마무리하고자 한다. 1977년 4월 1일 무역협회에서 건립하는 한국종합전시장에 서무계장으로 임명되었다.

내 인생살이의 절반은 박정희 대통령과 인연으로 이루어졌지만, 각하 서거 후 1980년 5월부터 1997년 말까지 63빌딩 건설본부에서 총무과장 및 관리차장으로, 63빌딩 준공 후에는 63빌딩 내 건물 관리, 각 업장의 영업을 하는 대생기업에서 총무부장, 수족관외 관람장 부장, 헬스 볼링장 부장, 전략사업 부장 등을 거쳐 이사 자리에 오를 수 있었던 것은 경과심, 해경연 코엑스 건설본부 등에서 내 인생의 전반기 30세 이전에 쌓은 경험 덕분이라고 생각하면, 박 대통령 각하께 잊을 수 없는 감사를 새삼 드리게 된다.

한국종합전시장 건설은 대통령 각하 지시에 의하여 상공부가 맡아서 이루어낸 성과이다. 나는 1997년 4월 1일부로 한국무역협회 종합전시장 건설본부 서무계장으로 발령을 받았다. 그때 무역협회장은 박충훈(상공장관, 경제기획원장관, 경과심상임위원, 국무총리 역임) 씨였다. 무역협회는 한국종합전시장을 짓기 위해 60,000평의 땅을 매입했다. 40,000평은 상공부 조합으로부터 평당 56 000원에 사들였고, 20,000평은 총무처로부터 평당 60,000원에 매입하였다.

현재의 강남 코엑스가 바로 그곳이다. 코엑스 땅은 상공부 산하 9개 회사의 땅으로 한 회사당 직원 수백 명이 지분권을 가지고 있는 땅이다.

상공부에 조합을 구성하여 기획관리실장이 조합장 역할을 하고 있었다. 문기상 실장님과 몇 번 만나면서 토지 이전 등기를 무사히 마쳤고, 토지 구획 사업지구로 코엑스토지와 한전 본사 토지 그리고 봉은사 토지가 공유지분으로 되어 있어, 각각 분할등기까지 마쳤다.

건설본부가 구성되었고 본부장에는 사단장 출신인 백행걸 장군이 예편과 동시에 임명되었다. 설계가 끝나고 대우건설에서 일괄도급으로 시공을 맡았다. 2년 반 만에 준공되었다. 1979년 8월 1일 개장기념식이 있었다. 대통령 각하께서 오신다는 연락이 왔다. 서무계장이므로 행사장 테이프 커팅 준비, 참석자들에게 비표를 배포하는 일, 검침반 등 행사요원들 지원 등을 수행했다.

행사 며칠 전에 상공부 수출계획과 추준석 사무관으로부터 각하의 휘호를 찾아가라는 연락을 받고 상공부에서 수령하여 사무실로 돌아오는 차 안에서 봉투를 열고 꺼내어 보았다.

"국력 신장의 표징"

'한국종합전시장 개장에 즈음하여 대통령 박정희'라고 힘있게 덧붙인 휘호였다. 광명 인쇄소에서 50장을 복제하여 관계기관에 배포하고 원본은 표구하여 상공부에 반납하였다

드디어 한국종합전시장 개장일 아침. 간밤에 검침반 요원들하고 밤을 세운 탓에 약간 멍한 상태에서 테이프를 치고 가위 등을 쟁반에 얹어 들게 한 여직원들을 도열시킴으로써 모든 준비는 끝났다.

행사장에 있다가 대통령 각하 자동차가 정문에 들어서는 것을 보고 사무실로 올라가 대기했다. 그날 각하의 일정은 테이프 커팅, 전시장 수출 상품 순시, 기념 식수, 구내식당에서 중식 등이었다.

영애도 같이 오셨다. 1966년도 경제과학심의회의 때는 각하께서 국수를 드셨는데, 13년이 지난 지금 각하께서는 코엑스 구내식당에서 스테이크를 들고 계시는 것이다. 코엑스에 전시된 수출 상품을 보더라도, 우리의 국력이 크게 신장한 것을 알 수가 있다.

각하께서 식사를 하고 계시는데, 방 옆 화장실에 각하가 쓰실지 모르는 머리빗을 준비해 달라고 해서 화장실에 갖다 놓았다. 근접 경호 요원들이 철저하게 경호를 하고 있었다. 행사는 무사히 끝났다

각하
서거하시다

그해 10월 26일. 각하께서 서거하셨다.

민족의 스승이신 큰 별이 떨어지신 것이다. 김재규는 각하가 손을 붙들고 육사에 입학시킬 정도로 같은 고향인 가까운 사람이었다고 한다.

차지철 실장하고 권력의 암투를 그만두고 간이 안 좋아 건강도 나쁘고 하니 각하 좀 쉬겠습니다 하고 물러나 있었더라면 뒷날 국무총리인들 못했겠는가? 작은 탐욕을 못 이겨 우리의 위대한 민족 지도자를 잃게 하다니 참으로 안타깝다.

장례행렬이 지나갈 때 인도에서 통곡을 하시는 시골 할머니들을 보면서 하염없이 눈물이 흘러 내렸다.

나는 박 대통령 각하의 정부에서 장관을 지냈다거나 한 자리를 한 사람이 아니다. 각하께서 회의를 하실 때 회의에 참석하는 사람이 아니고, 회의장 준비를 하던 사람이다. 나는 각하 정부에 말단 직원이었다. 그런 사람이 왜? 박 대통령을 이렇게 존경하는가?

박대통령의 공과에 대하여 훗날에 역사가들이 자세히 밝히겠지만, 내가 내 후손들에게 밝혀 두고 싶은 것은 우리나라가 박 대통령이 취임하신 1960년대까지는 뼈저리게 가난한 나라였던 것을 1979년 10월 박 대통령께서 서거하실 때는 수출 100억 불을 넘긴 중진국의 대열에 설 수 있었다는 사실이다.

1970년 일 인당 국내총생산이 253불이었던 것이, 1980년 일 인당 국내 총생산은 1580불이었다. 처음 대통령에 취임하셔서 경제과학심의회의를 주제하셨을 때 경제학 용어도 잘 모르셨 다고 한다. 군대에만 계셨으니 그러실 수밖에 없었을 것이다. 이러한 분이 당시 누구나 느끼던 한이 맺히고 골수에 맺힌 이 땅의 가난을 몰아내고 국민을 똘똘 뭉치게 하여 우리나라 경제를 일으켜 세워 그만큼 성장시킨 것이다.

나는 이미 백발이 성성한 70세의 노인이다. 내가 1966년 경과심에 들어갔을 때는 20세의 청년이었다. 이제 나는 말기암 환자라 오래 이 땅에 살 수가 없지만, 우리 세대의 모든 형제와 같이 박 대통령께서 주창하신 조국 근대화 세대에 동참할 수 있었다는 것을 가장 영광으로 알고 저 세상으로 갈 것이다.

'조국 근대화', '잘 살아보세', '새마을 운동', '수출 100억 불 달성'을 되뇌어 보며 각하의 영원한 명복을 빈다.

독재니 장기집권이니 민주주의의 퇴보니 하는 말이 트린 말은 아니다. 장기집권도 사실이고 민주주의의 희생도 있었다. 하지만 각하보다 훨씬 장기 집권한 싱가폴의 리관유 수상은 어떤가? 싱가폴은 지금 국민 소득이 50,000불이 넘는 선진국이다. 우리는 어떤가? 아직도 300,00불의 언저리에 맴돌고 있다.

박 대통령 각하께서 장기집권의 비난을 받을 바에야 좀 더 집권하셨더라면 우리나라도 충분히 선진국이 되었을 텐데 하는 마음이 드는 것은 나 혼자 생각일 뿐일까?

그러나 우리 민족의 우수성은 이미 만천하에 드러났다 그러므로 어차피 선진국으로 진입할 것이니 걱정하지 말고 열심히 일하다 보면 대한민국의 앞날은 찬란하게 빛날 것이다.

제2부

63빌딩의 건설 이야기

건설 본부의 시작

금요 예배

토목 주임 우박 맞다

J주임의 장인어른   63빌딩에 불이야

조 주임과 굴비 대가리   출입 기자단

공사 현장의 로맨스   소방 검사와 준공

기술 협력과 일본 기술자들 63빌딩을 빼앗겼어요

건설 본부의
시작

1980년 5월 1일. 63빌딩 건설 본부에 총무과장으로 발령을 받았다. 강남에 코엑스 건설 본부 서무계장으로 코엑스 대지 6만 평을 매입한 사람이 바로 나다. 4만 평은 상공부 주택 조합으로부터 평당 5만6천 원에, 2만 평은 총무처로부터 6만 원에 사들이고 토지구획 정리사업 지구이므로 봉은사 땅과 한전 본사 사옥 그리고 코엑스 땅이 공유로 묶여있는 것을 분할하여 등기를 마쳤다.

코엑스 건설이 끝났을 때 동아일보에 여의도에 60층짜리 건물을 짓는데, 전문요원을 뽑는다는 광고를 보고 이력서를 한번 내보았다. 그랬는데 신동아 건설에서 1차 시험합격이라는 전보가 한밤중에 왔다.

신동아 건설이 신경을 써준 것이 고마워서 면접시험에 참가했다. 훗날 신동아 건설 사장을 역임하시는 이강웅 상무가 면접관이었다. 뒤에 두 분이 앉아 계셨는데 좀 떨어져서 계셨기 때문에 신경을 안 썼는데, 나중에 알고 보니 신동아그룹의 최순영 회장님과 유상근 사장님이셨다.

이상무님이 몇 가지 질문을 하시는데 어찌나 사람이 부드러운지 이런 분도 계시구나 하고 생각했다. 나는 관청과 경제단체에만 근무했지 기업은 처음이라 기업체 사람들은 공무원들하고는 다른 면이 있구나 하고 생각했다.

2차 합격 통지를 받고 이어서 신동아 건설에서 사령장을 받았다. 50만 원의 높은 월급에 63빌딩 건설본부 총무과장이었다. 1980년 5월 1일부로 발령을 받았는데, 내 나이 32세의 약관이었다. 나이 20세 때 경제과학심의회의에서 박정희 대통령 각하께서 자문 위원들의 말씀을 경청하시기 위하여 자주 오셔서 토요일, 일요일 없이 밤낮으로 일했고, 공무원 6년 동안 사법고시를 6번 보아 떨어진 나이지만, 법에 대한 실력은 만만치 않았다. 이런 이유로 일에 대한 두려움은 없었다.

발령을 받고 현장에 왔다. 부사장급의 본부장, 상무급의 소장 밑에 관리부, 공정부, 건축부, 설비부, 전기부로 구성되어 있었다. 각 부서의 장은 이사급이며 건축이사는 최영일 이사, 김인칠 부장, 김병달 과장, 조평진 과장, 조기현 과장, 고경수 대리, 한인희 대리, 이영철 대리, 홍영표 대리, 유용제 주임, 김경희 씨가 있었고, 설비부는 이경준 이사와 박승대 부장, 최경환 과장, 김광호 대리, 박정철 대리, 지성환 대리, 최순자 씨가 있었으며, 토목은 임순

창 이사와 신성하 과장, 이재동 대리가 있었다. 전기는 이정섭 이
사, 정수식 과장, 허윤석 대리, 조순덕 대리, 조병찬 대리, 김기희
대리, 조현주 대리, 윤경일 대리, 김인수 대리, 김성호 대리가 있었
고, 공정부는 김일택 부장, 우인섭 과장, 김경우 과장이 담당했으
며, 관리부는 김인화 이사님이 담당했는데, 대한생명 총무부장을
거쳐 회장님 비서실장으로 있다가 현장으로 왔기 때문에 본부장
이나 소장보다 파워는 더 셌다. 이 분은 훗날 신동아건설 사장을
하신다.

　관리부는 오정환 부장, 총무과 권종환 과장, 서기철 대리, 김기
일 대리, 김정석 대리, 박양숙 씨, 김청자 씨, 안성희 씨, 박진숙
씨, 경리과는 민병선 대리, 주장원 대리, 신동욱 주임, 안전과 하영
철 과장, 허 근 대리, 조영석 대리, 김종욱 대리, 서준하 대리가 있
었고, 자재부는 은종욱 부장, 임채상 과장, 김광식 대리, 유선형
대리, 김광철 대리, 김용주 주임, 윤상호 주임, 김종철 주임, 조영
심 씨, 류순자 씨, 정영희 씨로 구성되어 있었다.

　대한생명 건설본부에는 김광준 본부장, 심재석 이사, 노성환 이
사, 김홍진 이사, 고중권 부장, 양준석 부장, 오덕건 부장, 김용일
부장, 이의문 과장, 장현교 과장, 피건길 과장, 차창학 과장, 이경
환 과장, 정명복 과장, 강건준 과장, 권윤식 대리, 변광식 대리, 양
진석 대리, 홍성표 주임, 이길우 주임 등이 있었다.

　현장사무실은 가설로 2층을 지었는데, 한여름에는 사무실이 찜
통이었다. 지하수로 만든 샤워장에 가서 샤워를 하고 2층 사무실

마음의꽃

에 와서 자리에 앉으면 다 말라 버렸다. 주변이 전부 모래밭이라 더위가 더 심했다. 건설본부장은 안동원 부사장님으로 세종로에 있는 정부종합청사 신축 시 건축소장을 역임하셨고 현장소장은 김○○ 상무로 서울 공대 졸업생이라는데, 두 분 사이에 암투가 심했다.

안 본부장은 점잖은 분으로 사무실에서 신문지를 펴놓고 붓글씨 연습으로 소일하고 있었는데, 김 소장은 현장에 나가서 땀을 빼고는 저녁 퇴근 시간만 되면 앞에 정육점에서 돼지고기를 한 근 사다가 함바 식당에서 구워서 소주 한 잔 걸치고 매일같이 퇴근하는 습관이 있었다.

본부장과 소장의 불화는 드디어 터져 나왔다. 성창토건에서 현장에서 파내어 팔아먹은 모래 때문에 두 분이 붙었다. 안 본부장은 "상급 모래를 왜 중급 모래 가격으로 파느냐 업자하고 뭐가 있는 것 아니냐?" 하고 문제를 제기했고, 김 소장은 본사에서 입찰로 들어온 업자인데, 무슨 의심이냐? 구체적인 증거를 대라고 항변했다.

모래를 상급이냐 중급이냐 하는 판단은 모호한 부분이 있다. 흙이 모래에 얼마나 섰었는가에 따라서 판단을 하다 보니 보는 사람에 따라서 달리 판단이 나올 수밖에 없는 것이다. 우리 현장의 경우 경비실에서 매일 일보가 올라오면, 그것을 기준으로 매월 기성고로 돈을 받아 갔는데, 일보에다가 매일 결재를 해놓은 것이 소장이었다. 그날그날 일보의 조작 지시는 얼마든지 가능한 상황이었다.

그때까지 상당 부분 모레가 반출된 상태라 달리 확인을 할 길도 없었다. 하긴 그러고 보니 나도 성창토건에서 사주는 술을 한번 얻어 먹긴 했다. 안전과장이 퇴근 후 한잔하자고 해서 같이 갔더니 앰배서더 호텔 지하 술집이었는데, 성창토건 현장소장이 기다리고 있었다.

양주가 좀 들어가더니 소장이 먼저 취해가지고 청와대 경호실에 아는 사람이 많은 걸로 거들먹거렸다. 80년 봄이면 안개 정국으로 3김 시대에 신 군부에서 전·노가 물밑 작업을 할 때이고 최규하 대통령 때인데, 꿈을 깨지 못 하고 박 대통령 계실 때 막강하던 경호실 얘기를 하니 속으로는 가소로웠다.

다음 날 김인화 이사에게 말씀드렸더니 자기도 다른 이사들하고 같이 성창토건으로부터 접대를 받았다는 것이다. 성창토건이 이렇게 현장이사, 과장, 대리 급까지 접대를 하는 걸 보고 이게 뭐가 있긴 있구나 하고 속으로 생각했다. 접대비가 도대체 어디서 나온단 말인가?

사장님으로부터 보고를 받은 회장님은 김인화 이사님을 불러서 상의를 하셨다. 모래 반출과 등급 판정은 전적으로 소장 혼자 기분 내키는 대로 했으니 증거는 없지만, 소장이 상당 부분 눈감아 준 것 같고, 초창기이니 용서하고 넘어가고 싶은데, 문제는 둘이 암투를 벌리고 있으니, 이는 건설 본부에 앞으로의 일을 생각하

마음의꽃

여 있을 수 없는 일이라고 결론이 나왔다.

　두 분은 다음날로 본사 대기로 여의도 현장과 고별했다. 뒤이어 진익상 씨가 건설본부장으로 영입되셨다. 이 분은 서울 공대 3회 졸업생으로 서울 공대 후배들이 선배님하고 못 부르고 선생님하고 불렀으며 철도청 건축과장을 거쳐 현대건설에서 상무로 근무하시는 분을 회장님이 이 분의 청렴성을 믿고 본부장으로 영입하신 것이다.

　이어서 신동아 해외 건설에서 김우규 씨가 상무로 영입되었다. 연대 정외과 출신이며 신동아 그룹 내에서 과장, 차장, 부장, 이사가 되신 분으로 풍부한 경험을 바탕으로 관리부를 관장했다. 이 분은 훗날 대생기업 사장을 역임하신다. 김우규 상무님은 일 추진력이 탁월하셔서 부임하자마자 직원의 인사 이동부터 시작했다 63빌딩을 짓는 대역사도 역시 사람이 하는 것이므로 인사가 만사이니만큼 당연하다고 생각했다.

　저녁에 본사로 가는 직원들하고 송별회를 하고 다음날 김인화 이사한테 나도 본사로 가고 싶다고 말했더니, 63빌딩 준공 전에는 갈 생각을 말라는 답이 돌아왔다.

　이후에도 김우규 상무는 본사에서 발주하고 있는 건설 본부의 일은 모조리 63 건설본부에서 직접 발주하는 방법을 회장님의 승인을 받고 실시하여 업무의 신속성을 보여줌으로써 지금까지 지지부진하던 63 빌딩건설에 박차를 가하였다.

금요 예배

우리 신동아 그룹은 하느님을 섬기는 기독교 그룹이다. 63 건설 본부가 발족하자마자 매주 금요일 8시면 예배를 드렸다. 장소는 함바 식당. 목사님은 연예인 교회 담임 목사이신 하용조 목사님을 모셔다가 예배를 드렸다.

초창기는 터파기 공사뿐이라 인부들이 별로 없었으나 날이 갈수록 하청업체가 늘어나면서 예배 인구도 늘어나기 시작했다. 최고 피크 때는 하루에 투입되는 인부가 1500명이었다. 이때는 금요 예배 참가인원이 80명에서 100명 가령 되어 의자가 부족해서 일부 직원들은 뒤에 서서 예배를 드렸다.

"나의 갈 길 다가도록 예수 인도하시니…."

현장에 우렁찬 찬송가가 흘러 나와 참으로 듣기가 좋았다. 참석한 모든 분들에게 콘티에서 가져온 빵과 주스를 나누어 주어 따뜻한 회사의 이미지를 심었다. 하용조 목사님이 영국으로 신학 공부를 하러 떠나시면서 윤남중 목사님을 소개해 주셨다. 대학 교수님이신 윤남중 목사님은 이후 건설 본부가 끝날 때까지 금요예배를 맡아 주셨다. 이 자리를 빌려 다시 한 번 감사드린다.

우리 금요예배는 삼청교육대 출신 직원 8명 중 3명이 참석했고 현장에 투입되는 인부들이라는 특징이 있었다. 이후 63층까지 철골이 다 올라가고 각층 바닥 콘크리트를 친 후부터는 일요일이면 시내 교회에서 예배를 마친 목사님들이 교인들과 같이 오셔서 60층에서 기도들을 하고 가셨다.

중요한 행사인 최초로 기둥을 세우는 철골 입주식 예배. 마지막 철골 기둥이 올라가는 상량식 예배 준공식 예배는 곽선희 목사님이 집례하셨다.

때때로 현장에 선물이 왔다. 티셔츠가 1,500장이 와서 현장에 투입된 인부들에게 나누어 주었고 한여름에는 사모님 이형자 여사께서 수박을 한 트럭 보내오셔서 모든 인부들과 고루 나누어 먹었다.

토목 주임
우박 맞다

대형 안전사고가 터졌다. 지하 3층에서 지상 1층으로 각목을 철
사로 묶어 티시로 들어올리다가 묶은 철사가 터지는 바람에 지하
3층에 있던 토목부에 김영락, 김연주 두 주임이 떨어지는 각목에
우박을 맞다시피 했다. 창가에서 그 광경을 내가 보고 있다가 기
겁을 했다. 안전과장과 직원들이 쫓아 내려갔다. 나는 현장에서
즉사하지 않았을까 걱정을 했다. 다행이 죽지는 않고 양쪽에서 직
원들이 부축하고 올라왔는데, 헛소리를 중얼거리고 있었다.

급히 충무병원으로 옮겼는데, 두 주임은 정신을 차리지 못했다.
직원이 이렇게 크게 다친 건 처음이자 마지막이었다. 안전모가 박
살이 나 있었는데 용케 살았다는 생각이 들었다. 1년여 병원에서
치료 후 원대복귀를 하지 못하고 퇴직하였다. 산재처리와 회사에
서 충분한 보상을 지급했다. 두 분 토목주임들이 지하 3층에서
하고 있던 공사감독은 지하 3층부터 직경 3미터 둥근 관을 매설

마음의꽃

하여 땅속으로 25미터 정도를 파고 내려가면 여의도 전체 면적의 절반 정도짜리 바위 덩어리가 있고 거기서부터 철근 콘크리트를 쏟아부어 지하 3층까지 올라오면 거기에다가 철골기둥을 세워 60층까지 올라가는 기초공사였다.

지하 3층에서 네모난 철골기둥을 처음 세우는 것이 철골 입주식이고 마지막 기둥을 60층에다 세우는 것이 상량식이다. 그때만 해도 20층까지의 철골기둥은 포스코 제품으로는 강도를 유지하지 못하여 일본 신일본제철의 철골을 수입해다가 현대중공업에서 가공하여 세웠다. 물론 나머지 층의 철골기둥은 포스코 제품이다.

J주임의
장인어른

　현장에 경비원이 20명으로 10명씩 철야 근무 후 맞교대하는 걸로 운영되고 있었으며, 당연히 총무과장 소관으로 매일 출근하면서 정문에서 밤새 일어난 일을 보고 받았다.

　그날도 출근하니까 경비원이 쫓아와서 보고를 하는데, 간밤에 이상야릇한 일이 일어나 있었다. 안전과 장 주임이 함바 아줌마하고 블루스를 추다가 지하 2층 바닥으로 떨어지는 사건이 발생했다. 자초지종을 알아보니 장 주임이 사무실이 모두 퇴근 후 함바에 보조 아줌마하고 소주를 같이 마시고 아줌마를 기둥에다 세워놓고 둘이 즐기다가 둘 다 술이 취한 데다 현장이 캄캄하니까 개구부를 모르고 둘이 안고 떨어진 것이다.

　공교롭게도 여자가 아래에 깔리고 남자가 위에 있어 여자는 다치고 남자는 멀쩡했다. 아줌마는 충무병원에 입원해 있고 장 주임은 도망가서 행방불명이었다. 오후가 되니까 함바 아줌마 부친

마음의꽃

이 시골서 올라와서 장 주임을 영등포 경찰서에 고발해 버렸다. 경찰서에서 형사가 찾아왔다 나보고 "장 주임 내놔!" 하길래, 내가 "주머니에다가 넣고 있냐. 내놓기는 뭘 내놔." 하고 서로 웃었다.

영등포 경찰서하고는 협조가 잘 되고 있었다. 윤중파출소를 우리가 지어주었고 경찰서 경무과에 당시는 귀했던 복사기를 한 대 기증해 주면서 복사기에다 "신동아 건설 63빌딩 건설 본부"라고 아크릴에다 새겨서 붙여 놓았기 때문에 경찰서 모든 직원이 협조적이었다. 내가 형사한테 하루 이틀만 시간을 주면 합의서를 받아다 줄 테니까 돌아가 기다리라고 했다.

저녁 늦은 시간에 장 주임을 만났다. 술을 한 잔 마시면서 장 주임에게 "합의를 하려면 문제는 돈이다. 저쪽에서는 100만 원을 요구하는데 주임 월급의 4개월치다. 내일 그 아줌마 부친을 만나서 합의를 해야 할 텐데 어떻게 하든 돈을 적게 주는 방법을 강구해라 무조건 싹싹 빌어야 한다." 하고 헤어졌다.

다음날 장 주임 누나가 함바 아줌마를 병원으로 찾아가서 머리채를 쥐고 흔들어 놓았다. 신광여고 밴드부 주장이었다는 누나는 그 아줌마 보고 "니년이 우리 동생을 꼬셔놓고 왜 지랄이냐?" 하고 폭행을 가하다가 병원에서 쫓겨났다. 불난 데다가 기름을 끼얹어 놓았다. 오후에 병원 근처에서 아줌마의 부친을 다방에서 만났다. 처음 만나자마자 장 주임은 바닥에 엎드리며 큰절을 했다. 일어나면서 장 주임은 이상한 소리를 했다.

"장인어른 살려 주십시오."

"내가 왜 니 장인이냐?"

"제 월급 한 달에 20만 원 받아서 네 식구가 먹고 사는데, 좀 봐 주십시오."

"그러면 50만 원만 내라. 쟤를 데리고 시골로 내려가련다."

"돈 가진 게 다 털어도 25만 원뿐이 못 빌렸습니다."

이렇게 해서 합의를 했다. 병원에 가서 돈을 주고 합의서 도장을 받았다. 나오다가 보니까 합의서 5통 중에 한 통이 도장이 빠져있어서 다시 병원으로 갔다. 조금 전까지 죽겠다고 드러누워 있던 아줌마가 동생이 사 온 치킨을 먹고 있었다. 그런데 환자복을 입은 사람이 노브라였다. 가슴이 다 보였다. 속으로 저거 때문에 장 주임이 코피 났구나 하고 생각했다.

조 주임과
굴비 대가리

안전과 조주임이 우리 현장 협력업체인 삐사 현장소장이 직원 장례식에 같이 가자고 한다고 따라 갔다 오겠다고 해서 강원도 홍천을 갔다 오라고 했다. 저녁 퇴근 시간 무렵 조 주임의 전화가 왔다.

"과장님 술 한 잔 사 주세요."라고 말해서 평소에 둘이 자주 가는 마포 껍데기집에서 만나자고 약속했다. 마포 고바우 집에서 만난 조 주임의 복색이 이상했다. 바짓가랑이를 걷고 물에 빠진 사람 같았다. 돼지 껍데기를 구워서 한잔하면서 오늘 일어난 일의 자초지종을 들었다.

삐사가 공사를 하고 있는 김포 아파트 공사 현장에서 안전사고가 났는데, 15층 엘리베이터 홀에서 홀 내에 있는 기둥들 녹 방지를 위하여 방청 페인트를 칠하는 도장 공사를 하고 있었다. 홀 내가 4면이므로 한 면 끝나면 홀 밖으로 나와서 밑에 받침대를 다시 돌려서 베니어판을 깔고 들어가서 칠을 해야 되는데, 이 작업자는 90kg짜리 거구가 홀 내에서 받침대를 돌리다가 한쪽으로 기울어져 1층까지 추락하여 사망한 사고 였다. 머리하고 턱하고 달라붙은 마치 장난감 같은 모양이었다고 한다.

고인은 홍천 사람인데, 도망간 마누라를 찾아서 서울에 왔다. 시일이 걸려 일을 하면서 찾으려고 삐사 일용직으로 있다가 사고를 당한 것이었다.

그런데 삐사에서 보상을 하려니 난감한 문제가 생겼다고 한다. 도망간 마누라는 기둥서방하고 같이 나타나 법적으로 자기가 받아야 한다고 주장하고 시부모들은 며느리는 도망가고 손자들은 자기들이 키우고 있으니 보상금은 자기들이 받아야한다고 싸움이 붙어 장례식도 7일 만인 오늘에야 치러진 것이란다.

술이 좀 들어갔을 때, "그런데 바짓가랑이는 왜 그 모양이냐?" 하고 물었더니 장지에서 조 주임을 삐사 사장으로 착각한 고인의 친구들에게 폭행을 당해 도망을 갈 데가 없어서 벼를 심어 놓은 논으로 달아나다 빠져서 이 모양이 된 것이란다. 평소 조 주임이 덩치도 좋고 이주일 씨 비슷하게 생겨 인물도 좋고 하여 노상상무감으로 제격이었으니 고인의 친구들이 착각을 할만도 했겠다 싶었다.

둘 다 술이 좀 취했는데, 굴비하고 오징어 파는 아저씨가 왔길래, 굴비 10마리 한 두름을 사 주면서 아주머니 갖다드려라 하고 헤어졌다.

나는 곧바로 택시를 탔으나 조 주임은 차를 못 잡겠더란다. 그래서 생각해낸 것이 군대 보안대에 있던 기억으로 파출소에 가서 문을 열고 들어가지도 않고 "어이 이리와!" 하고 순경을 불러놓고는 "차 한 대 잡어." 라고 했단다. 바짓가랑이는 한 쪽이 올라가 있고 옆구리에 끼고 있던 굴비가 신문포장지가 벗겨져 일제히 머리를 내밀고 있었다니 안 보아도 모습이 상상이 간다.

공사 현장의
로맨스

　사람 사는 세상은 남녀가 반반씩으로 구성되어 있다 보니 남녀
간의 일이라는 것은 언제 어디서 어떻게 일어날지 모르지만 어떻
게 원만하게 해결하느냐가 중요한 것 같다.

　하청업체 이사장은 미국에 살다가 혼자만 귀국하여 기러기 아
빠가 되어 홀로 지내고 있었는데, 술집에서 우연히 학창시절에 같
이 어울리던 여자를 만났다. 그 여자는 유명한 한정식 장ㅇ 집 딸
이라고 하는데, 남편이 현대건설 직원으로 해외 현장에 근무 중이
라 홀로 지내던 차에 옛친구를 만났으니 자연스럽게 정이들 수밖
에 없었다고 한다.

　어느 날 여자의 집인 여의도 시범아파트에서 점심을 같이 먹고
낮잠을 잔 것 같다. 그런데 공교롭게도 여자의 시아버지가 며느리
집에 왔는데, 문이 열려 있어 들어가니 방에서 멀쩡한 대낮에 요
상한 소리가 나니까, 살짝 들여다본 것 같다. 아니나 다를까 남녀

가 그 짓을 하고 있었다. 시아버지는 짚고 있던 지팡이로 이사장 등짝을 후려치고는 옷을 빼앗아 놓고 파출소에 신고해버렸다.

파출소로 끌려간 이사장은 본서에서 데리러 온 형사들에 의해 수갑을 차고 경찰차에 올라 탔다. 피의자가 서너 명 있었다. 경찰서로 가는 길에서 신호등에 걸려 대기 중인데, 이사장이 수갑을 찬 채로 도망을 갔다. 형사는 저걸 쫓아가서 잡아야 되겠는데, 그러면 차에 있는 다른 사람들이 달아날 것 같아 못 쫓아갔다.

경찰서에 돌아온 형사는 과장한테 심한 질책을 당했다.

"너 돈 먹고 봐준 거지!"

"아닙니다."

"일주일 시간을 줄 테니 출근하지 말고 잡아와. 못 잡으면 옷 벗을 각오해."

형사는 미치고 팔딱 뛸 노릇이었다. 서울서 이 서방 찾기지 어디서 이 친구를 찾는단 말인가? 그렇게 해서 물어물어 우리 현장에서 공사를 하고 있다는 소식을 듣고 형사가 나를 찾아왔다. 차를 한잔하면서 얘기를 하고 있는데, 공교롭게도 이사장이 두달 만에 나타나 나를 보려고 왔다. 그랬더니 형사가 먼저 알아보고 "야 이 ○○!" 하면서 울먹이며 수갑을 채우고 혁대를 풀어 도망을 못 가게 하고는 경찰서로 데리고 갔다. 할 수 없이 회사에서는 공사를 다른 곳에 주고 물러나게 했다. 하나는 생과부요, 하나는 기러기 아빠니 연애를 한 것 같은데, 글쎄다.

서울의 특정 지역을 설문해 보았더니 유부녀의 95%가 애인이 있는 것으로 나타났다니, 남자의 경우도 애인이 있는 사람이 95%라는 말이 아닌가. 이렇게 되면 애인이 있는 사람이 정상, 애인이 없는 사람이 비정상이라는 말이 되는데, 우리 사회의 도덕성이 언제부터 무너지기 시작했는지 알 수가 없지만, 조선 사회도 지금 같았는데 도덕 사회로 포장되었지도 알 수 없는 일 아닐까?

다음은 안 부장의 얘기다. 기술부, 관리부 다들 열심히 일을 잘하고 있는데 현장에 이상하고 얄궂은 소문이 돌았다. 안 부장이 피 모 여직원하고 같이 여관에 들어 가는 것을 운전기사인 김 기사가 보았다는 것이다. 이런 소문은 너무 빨리 퍼져 나가기 마련이라 기술부 직원들까지도 쑥덕거리기 시작했다.

윗분들도 나한테 소문의 진의를 물었으나, 난들 알 수가 없으니 답답했다. 김 기사를 불러서 자초지종을 물어보았다.

김기사가 차를 몰고 퇴근을 하는데, 안 부장하고 피 양이 우산을 같이 받고 가고 있어 차를 길에 세우고 뒤쫓아가 보았다는 것이다. 그랬더니 모 여관으로 들어 가드라는 것이다. 그래서 김 기사한테 누가 물으면 "잘못 본 것 같다."라고 말하고 이 소문이 계속 나가면 김 기사한테 사표를 받을 테니 그리 알라고 으름장을 놓았다.

그러고보니 얼마 전에 모 연수원에서 그룹 체육 대회가 있었다. 우리 현장에서도 참여를 했는데, 응원단이었다. 강당에서 여직원

5명을 모아놓고 응원 연습을 시켰다. 응원 내용이 당시 유행하던 무슨 춤이었는데, 엉덩이를 살살 돌리는 그런 춤이었다. 그 광경을 보다가 나하고 안 부장은 밖으로 나왔다. 안 부장이 나보고 하는 소리가 "피 양 때문에 아이씨 죽겠네." 했다. 그래서 내가 "왜 정력이 그렇게 셉니까?" 하고 물으니 20대 초반에 폐를 좀 알아서 뱀을 많이 먹었단다. 구렁이를 술에 담가서 5년간 땅속에 묻어둔 것을 약으로 먹었다고 했다.

안 부장은 방석집에 가서 같이 술을 먹어 보면 밤 두 시가 지나서 술자리가 파해도 꼭 여자를 태우고 갔다. 나 같으면 지쳐서 빨리 집에 가서 자야지, 출근 시간이 현장이라 7시까지 출근을 해야 되는데, 참 힘도 좋구나 하고 생각하고 있었다.

소문이 무성해서 그냥 두면 안 되게 생겼다. 안 부장하고 회의실에서 커피를 한잔하면서 "내가 평소에 형님처럼 생각하고 있으니 볼일을 봤는지 안 봤는지를 밝혀주면 수습책을 알려 주겠다."고 유도 질문을 하였다. 안 부장은 "나도 권 형을 친동생으로 여긴다."까지만 얘기하고 진위 여부는 굳게 입을 닫고 말이 없었다. 이 이상 소문이 나가면 본사도 알게 될 것이고 우리 현장이 망신을 당할 것 같아 내가 수습책을 제시했다.

지금 현장에 소문을 내고 있는 사람들의 주모자가 사○에 엘 부장하고 ○재에 ○○장이니 두 사람을 불러다 놓고 명예훼손으로 지금 영등포 경찰서에 고소장을 내러 간다고 통보하라고 했다.

아니나 다를까 엘 부장하고 ○ 부장이 안 부장한테 싹싹 빌더라는 것이다. 제발 고소만은 말아 달라고. 그렇게 해서 소문을 잠재울 수가 있었다.

다음은 견습 직원 윤 씨 이야기이다. 1980년에 사회정화위원회에서 삼청교육 수료생 10명을 우리 현장에 보냈다. 이 중에서 3명은 3일쯤 지나서 자립기금으로 손수레 한 대와 한 달치 월급을 받고서 퇴직했다. 나머지 7명은 견습생으로 매월 월급을 주며 전기 등 기술을 익히고 현장 내에서 먹고 자고 생활을 했다.

그런데 자고 나면 사고를 저질렀다. 술에 취해 함박 식당을 때려 부수고 저희끼리 왕초 다툼을 하느라고 자는 놈을 삽으로 찍어 놓지를 않나 안전과 직원이나 도비 등을 예사로 폭행하고 인부들에게 폭언을 하는 일이 자주 일어났다. 이 사람들이 겁을 내는 사람은 총무과장 한 사람이었다. 사회정화위원회에서 이 사람들을 인수받을 때 사고를 치는 자, 도저히 정화될 가능성이 없는 사람들을 통보해주면 재교육을 시켜서 외딴섬 염전에다가 배치하는 것으로 통보를 받았기 때문이다. 그렇기 때문에 나만 보면 인사도 잘하고 아주 모범생처럼 행동했다.

어느 날은 같이 근무하는 주 대리가 출근을 하지 않았다. 나는 격무로 몸살이 났나 하고 생각했더니 경비원이 와서 주 대리가 윤 씨한테 당했다는 것이다. 자초지종을 알아보니까 모두 퇴근하고 주 대리 혼자 야근을 하고 있는데, 윤 씨가 술이 몹시 취해 평소에 신문지에 싸서 가지고 다니는 단도를 가지고 주 대리를 위협하여 무릎을 꿇리고 폭언, 폭행을 가했다는 것이다. 두 시간 이상을 그렇게 하다가 다른 동료들이 간신히 만류해서 주 대리가 정신이 나간 상태에서 퇴근을 했다는 것이다. 다음날도 주 대리는 출근을 못했다.

이 건은 그냥 넘길 수 없는 사항이라고 생각하고 여의도 파출소 유수선 소장에게 전화하여 협조를 구했다. 잠시 후 경찰관 두 명이 왔다. 윤 씨를 수갑을 채워서 데리고 갔다. 일부러 두 시간 지나서 파출소로 갔다. 유 소장한테 "이놈은 재교육을 보내야겠으니 본서에 연락해서 백차를 부르십시오." 하고 말씀드렸고 유 소장은 경비 전화로 본서에 전화하는 척했다. 그랬더니 윤 씨라는 놈이 무릎으로 기어다니면서 "살려 주십시오." 하고 비는 것이었다.

"너는 안 돼. 세상천지 대리를 그렇게 두들겨 패는 놈이 어디있냐?" 내 대답이었다. 그런데 이상한 광경이 벌어졌다.

함바에 보조 아줌마가 파출소로 들어오더니 윤 씨하고 같이 무릎을 꿇으면서 한 번만 살려 달라고 비는 것이었다.

금방 감은 잡았다. 그러나 쇼는 좀 더 해야겠기에 "아줌마, 가세요. 여기는 낄 자리가 아닙니다." 라고 했다.

"유 소장님 본서에 백차 좀 독촉해 주십시오."

유 소장은 경비 전화로 "예. 들어오는 대로 보내 주십시오." 하며 장단을 맞췄다.

두 시간쯤 쇼를 하고 나서 내가 아줌마 보고 이 사람이 또 나쁜 짓을 하면 "아줌마가 책임진다는 각서를 영등포 경찰서장 앞으로 쓰면 내가 한 번 용서할 수 있는데, 어떻게 하시겠소?" 하고 물었더니 즉석에서 그렇게 응했다. 각서는 유 소장에게 맡기고 아줌마가 데리고 갔다.

훗날 아줌마한테 살짝 물어보았다. 왜 저 친구하고 정분이 났느냐고. 그랬더니 아줌마가 지난 여름 삼복 중에 하도 더워 밤에 창문을 다 열고 출입문만 잠그고 옷을 입은 채 자는데 굵은 놈이 몸으로 쑥 들어와서 아닌 밤중에 웬 홍두깨인가 하고 잠을 깨보니 윤 씨라는 놈이 그 짓을 하고 있더란다. 시골에서 남편이 술만 먹으면 두들겨패서 서울로 도망왔는데, 연하에 총각인 윤 씨를 잘 만난 것으로 얘기했다. 참 세상은 요지경 속이구나 하고 생각되었다.

여의도 파출소장이던 유수선 주임은 경감으로 승진해서 정년퇴직했는데, 훗날 내가 대생기업 헬스 볼링장 부장일 때도 가끔 왔다. 하루는 유 주임이 왔길래 김우규 사장님께 인사 좀 하고 가라고 했더니 17층으로 올라갔다. 조금 있다가 또 왔다. 그러면서 사장님께 인사하러 갔더니 반원이 몇 명이냐고 물어서 대답했더니, 전부 같이 가서 보신탕 한 그릇씩 하라고 봉투를 주서서 나한테 고맙다고 보고를 하고 가려고 다시 왔다고 했다.

마음의꽃

기술 협력과
일본인 기술자

　63 건설 본부가 발족되고 3개월어가 지났을 때 우리나라는 그때까지 삼일빌딩, 즉 31층이 가장 높은 빌딩이었는데, 그 배가 넘는 63층짜리 빌딩을 지으려고 하니 필수적으로 따라나오는 것이 기술 문제였다. 그때까지 동경에는 55층 이상의 빌딩이 5개가 있었고, '선샤인 식스티'라는 60층짜리 빌딩이 있었다. 일본 대성건설과 기술협력 계약을 체결하기로 했다. 대성건설은 일본에서 랭킹 3위에 있는 대형 건설회사이며 세계 각국에 기술협력을 하고 있었다.

　63과 대성건설 간에 기술협력계약은 이러했다. 일본과의 교섭 총괄 지휘는 김우규 상무가 했고 국내 허가 등은 김인화 이사가 담당했고 실무자로의 일은 총무과장이 맡았다. 기술협력비 2억7천5백만 엔(국내 원천징수 세금 포함), 계약 기간 5년, 공정 건축 전기 설비에 책임자 급 1명씩 상주근무, 숙소 제공, 출퇴근용 차량 제공. 이렇게 계약을 체결하고 한국은행의 허가를 얻어 기술협력은 시작되었다.

일본인 기술자들이 63 건설 본부에 왔다. 나가사와 과장이 공정을, 하라노 과장이 건축을, 후쿠이 과장이 설비를, 미야케 과장이 전기를 담당했다. 숙소로는 한강 가에 있는 왕궁아파트를 제공했고, 청소 등 관리 아줌마를 일본말을 아는 사람으로 채용했다. 건설본부 각 부서는 일본어 붐이 일었다. 말을 주고받아야 기술을 배울 수 있기 때문이었다.

나는 예전에 경과심에 근무하면서 사법고시 1차 시험에 영어를 하지 않고 일어를 했기 때문에 대화는 좀 힘들어도 문장의 해석은 자신이 있었다. 기술 문제는 각 부서가 부문별로 협력을 받아나갔다. 예를 들면 커튼 월, 즉 '유리를 어떻게 건물에 부착시키느냐?' 이런 문제의 제기가 있으면 대성건설 나가사와 과장과 하라노 과장은 일본에서 가져온 여러 자료를 비교 분석하여 63에는 '파스터 공법'이 좋겠다는 답이 나오면 파스너 공법으로 시공이 되는 것이다. 기술 문제는 다음 장에 자세히 기록되어 있으므로 여기에서는 관리 쪽 얘기만 하겠다.

대성직원들이 아파트 생활을 하는데, 냉장고는 하나인데 3명이 쓰다 보니, 예를 들어 미야케가 만두 10개짜리 한 봉지를 사다 놓고 먹으면 하나 먹고 두 개 먹고 꺼내 먹은 것을 봉지에다 기록을 하고 먹는다고 아줌마가 일본 사람들은 철저하다고 했다. 하긴 우리야 냉장고 것을 꺼내 먹고 기록하는 사람이 있을 리가 없다.

여의도에서 영등포 쪽으로 가다가 우회전하면 명화타운이라는 야간 밤무대 쇼를 하는 곳이 있었다. 최무룡, 박노식 씨 이런 분과 이름이 별로 알려지지 않은 이미자 씨 딸 정재은, 김연자, 고대원, 김광남 이런 분들이 출연하고 맥주를 마시는 그런 곳이다. 대성건설 직원들하고 쇼를 보고 나오는데, 가수 김연자 씨가 엘리베이터에 같이 탔다. 그때만 해도 김연자 씨는 국내나 일본에서 별로 알려져 있지 않은 무명가수 시절이었다. 내가 물었다. "김연자면 일본서는 '깅 에이꼬'라고 부릅니까?" 사랑 연 자가 '에이'이기 때문에 물어본 것인데, 김연자 양은 "아니요. 그냥 김련자로 그냥 불러요." 하는 것이었다. 한국 가수가 일본 가서 이름을 그대로 부르는 기개가 대단하다고 생각되었다. 하긴 뭐 계은숙 씨도 그냥 한국 이름을 쓰긴 했으니까. 1층에 내려서 김연자 씨가 택시를 타고 갔다. 우리 차가 자리가 하나만 비었어도 김연자 씨를 태워 주었으면, 김연자 씨가 싱글일 때고 무명 시절이니까, 모종의 썸싱이 이루어졌을 텐데 하고 아쉬웠다.

세월이 흘러 일본 NHK에서 연말 홍백전을 하는데, 김연자 씨가 일본 10대 가수가 되어 있어, 그때 기회를 놓친 게 더욱 아쉬웠다.

대성직원들은 회사에서 회식, 관광 등에도 많은 신경을 썼다. 어느 봄날 일요일에 안성에 있는 칠장사에 대성직원 3명하고 총무과 직원 2명하고 야유회를 갔다. 직원들은 불고기 구이 준비를 하고 우리 일행은 칠장사 경내에 들어갔다. 작은 절이었다. 옛날에 의적 임꺽정이가 본거지로 삼았다는 곳이 이곳 칠장사였다. 일본 사람들은 부처에 대해 별 흥미가 없으므로 절 마당에서 네 명이서 담배를 피우고 있었다. 느닷없이 절을 괸리하는 할머니가 빗자루를 들고 우리를 때리려고 쫓아왔다. 그러면서 하는 소리가 "젊은 놈들이 어디 절에서 담배를 꼬나물고 있어, 이놈들." 하는 것이었다. 내가 얼른 나서서 "할머니 죄송해요. 일본 사람들이라 몰라서 그랬어요." 하고 부리나케 빠져나왔다. 숯불이 잘 피어 있었다. 소고기를 구워서 소주 한 잔 짝! 이 친구들은 술만 취하면 엔카를 흥얼거렸다. "진세이 이찌로" 인생의 길은 오직 한 번뿐 두 번 갈 수 없는 길! 좋다 좋아…

63빌딩에
불이야!

　지하 2층 하도급 업체에서 경미한 화재가 났다. 불이 난 곳은 하도급업체 가설 사무실들이 있는 것으로 탈 것도 별거 없었다. 불 같지도 아닌 걸 가지고 생쇼를 했다. 경위는 이랬다. 크리스마스 이브였다. 케이크를 하나 사서 들고 집에 갔더니 집사람이 사무실에서 불이 났다고 연락이 왔다는 것이다. 사무실에 전화를 걸었더니 건축부에 고경수 대리가 받았다. 얘기를 들어보니 별거 아니라는 생각이 들어 내가 현장에 도착할 때까지는 아무에게도 연락하지 말라고 지시하고 택시를 타고 현장으로 향했다. 그 사이 다른 직원들이 우리 집에 전화를 해서 소방서에 신고를 해야 하는지 판단을 해 달라고 또 전화를 했단다. 그래서 집사람이 큰불인 줄 알고 김우규 상무님께 전화를 해서 자초지종을 말씀드렸다. 평상 시에 내가 없을 때 급한 일이 생기면 김우규 상무님께 전화를 드리라고 교육을 시켜 놓아서 그렇게 한 것이었다. 김우규 상무님도 현장으로 전화를 해서 화재가 난 것을 확인하고는 바로 사무실로 나오셨다.

화재 현장은 인부들 작업복과 목재 칸막이 등이 조금 타고 큰 피해는 없었는데, 그것도 화재라고 앞이 안 보일 정도로 연기만 자욱이미 끼어 있었다.

마음의 꽃

출입 기자단의
협조

    영등포 경찰서 출입기자단이 공사 중인 63빌딩의 출입기자단 그 대로였다. 출입기자단은 KBS 외 10개 언론사였고, 간사는 KBS 김형태 기자였다. 그 외 조선일보 우종창 기자, MBC의 엄기영 기자 등이 기억난다. 이 기자단은 유상식 영등포 경찰서장과 함께 우리나라에서 60층을 제일 먼저 올라가 본 사람들이다. 창문을 끼우기 전이라, 건물 끝자락에는 아무리 간이 큰 기자들도 접근을 할 수 없었다. 같이 어울려 사우나도 하고 고스톱도 치고 밥도 먹고 적극적으로 도와주었다. 특히 준공 때 우종창 기자는 내 책상에서 전화를 걸어 아이맥스 영화를 소개했다. 다음날 아침 조선일보에 현실감 나게 보도되었다. 건물 준공 후에도 김형태 기자와 우종창 기자는 오래도록 연락을 유지했다. 김형태 기자는 포항에서 국회의원에 당선 되었던 그분이다.

소방 검사와
준공

1985년 5월 1일 자로 63빌딩이 준공되었다. 1000명이 들어가는 국제회의장에서 준공 예배를 드리고, 김만제 부총리의 참석하에 준공테이프를 끊었다. 일간지에 전면 광고와 3분의 2 광고 5단통 광고를 협력업체에서 대대적인 축하 광고를 실어 주었다. 그런데 뜻하지 않게 서울시에서 소방검사를 받지 않고 건물을 사용한다는 이유로 검찰에 고발해버렸다. 이사를 들어오던 대한생명은 도로 이사를 나가고 그때부터 7월 27일 건물 사용 허가가 떨어지기까지 3개월간은 24시간 돌관작업에 들어갔다. 소방검사가 시작된 것이다.

고급 식당가와 헬스사우나에 월넛으로 인테리어 공사를 한 것이 문제였다. 화재가 나면 호두나무는 기름기가 있어서 지글지글 끓는다는 것이다 전부다. 대리석으로 교체하였다. 소방본부는 우리나라에 처음 있는 초고층 빌딩에 화재 시 진압방법을 면밀히 검

토하면서 서울 시내에 있는 모든 소방대원들을 차례로 소집 63빌딩을 견학시켜 교육을 하고 있었다. 60층에서 스프링쿨러도 터트려보고 전관에 사이렌 등 방송도 실험하고 수십 번 반복 실험 후 우여곡절 끝에 사용승인서를 받았다. 소방공사를 무사히 마칠 수 있었던 것은 신화방재의 백승철 현장 소장의 남다른 노력 덕분이었다. 훗날 백승철 소장은 새서울 방재라는 회사를 설립하여 우리나라 소방공사업계 10위권 안에 드는 큰 회사를 만들어서 사업에도 크게 성공한다.

김우규 전무님의 요청으로 전직원 일계급 특진으로 직원들 노고에 보답하고 기술부 직원들은 강남 코엑스 자리에 신축되는 55층짜리 무역회관 신축현장으로 또는 다른 건설회사로 대부분 스카웃되고 관리부 직원들은 김우규 전무님과 김인화 상무님을 따라 대생기업으로 전보발령을 받았다. 이렇게 하여 63빌딩의 대역사는 끝났다. 63빌딩은 우리나라에서 가장 높은 건물로서의 영광을 30년을 유지해 왔다. 이제 잠실 롯데가 들어서면 1위 자리를 내어 주어야 하나 63빌딩의 준공 시 높다는 개념은 우리나라 전국 방방곡곡에서 인기가 있었다. 어디를 가나 63빌딩 하면 "아! 거기요."라고 흥미를 나타냈으니까.

63빌딩을
빼앗겼어요

　1977년 말 그때까지만 해도 듣도 보도 못하던 'IMF 경제위기'라
는 것이 우리나라에서 생겨 우리 경제를 위협했다. 우리가 보유하
고 있는 달러가 바닥이 난 것이다.

　정부는 부족한 달러를 확보하기 위하여서 서둘러 IMF(국제통화
기금)에 긴급자금을 요청했다. 대통령에 당선되어 취임식도 하시기
전부터 김대중 대통령님은 달러 끌어들이기에 안간힘을 다하고
있었다.

　63빌딩 대한생명보험의 최대 지주인 신동아그룹 최순영 회장님
도 외자 유치에 발 벗고 나서셨다. 나라의 경제 위기 극복에 동참
하기 위해서였다. 대한생명보험의 지분 40%를 나누어줄 테니 10
억 달러를 투자하라고 외자 유치에 나선 것이었다.

　미국을 순방 중에 김대중 대통령님은 외자 유치는 신동아그룹
처럼 해야 한다고 극구 칭찬했다고 한다.

미국의 ○○사가 제안을 받아들이겠다고 실사를 요청해 왔다. 실사를 끝낸 ○○사는 엉뚱한 제안을 해 왔다. 저희가 지분의 50%를 가지며 경영권도 가진다는 내용이었다. 신동아그룹에 그게 통할 리가 있는가 상담은 실패했고 외자 유치는 수포로 돌아갔다.

미국의 ○○사는 실사 때 발견한 계열사 대출을 구실 삼아 신동아그룹이 부실기업이라고 금융감독원에 가서 폭로하고 다녔다. 신동아그룹이 신속하게 업무상 기밀누설로 ○○사를 고발했어야 했는데 그러지 못했다.

금융감독원장은 청와대에 보고했다. 대통령님은 진노했을 것이다. 신동아그룹 최순영 회장님은 구속당했다. 업무상 횡령 배임죄와 외국환 관리법 위반죄에 특경법을 적용한 것이다.

그렇게 구속당한 상태에서 금융감독원은 신동아그룹 전체를 포기하라고 종용했다.

최순영 회장님은 신동아 화재보험 하나만이라도 남겨 달라고 애원했으나 정부는 막무가내였다.

금융감독원은 민주주의 자유경제 체제에서 신동아그룹 대한생명보험을 비롯한 전 계열사의 주식을 불태워 버리고 몰수해 버렸다.

여기까지가 경위이다

우리 대한민국 헌법은 경제 조항이 크게 두 가지이다. 그 하나는 개인의 재산은 절대적으로 보호된다는 것이며, 또 하나는 국가 비상시에는 개인재산을 처분할 수 있다는 조항이다.

신동아그룹 사태는 두 가지 중 어디에 해당할까. 헌법재판소의 법적 판단을 받아 보아야 할 것이다. 신동아그룹 사태가 전자와 후자 중 어느 쪽이냐가 해답이 될 것이다.

예를 하나 들어 보겠다.

100억을 가진 사람이 1000억을 금융기관에 빌려서 썼다. 현재의 재산을 다 끌어모아도 500억밖에 상환하지 못한다면 이건 후자에 해당할 것이다.

100억을 가진 사람이 그 중 20억을 계열사에 빌려주고 이자를 받고 있다. 필요 시 언제든지 상환할 수 있다면 이것은 전자에 해당할 것이다. 신동아그룹이 바로 이 케이스라고 생각한다.

엄정 중립 기관인 헌법재판소의 판단을 받아 보아야 할 것이다.

63빌딩을 짓고 17년을 근무한 우리 직원들은 호소합니다.

교계의 지도자님들!

교계의 지도자님들이 앞장서서 우리 사회의 정의가 강물처럼 흘러가게 정신적인 지도 편달을 바라겠습니다.

여야의 정치인 여러분!

과거 선거법 위반이 아닐 때 여러분들에게 얼마나 따뜻하게 대해 드렸습니까. 신동아그룹의 억울한 사정을 잘 아실 테니까 정치 쟁점화하여 다시 원래 상태로 복원시켜 주시기 바랍니다.

법조계 여러분!

잘못된 판단은 얼마든지 바로 잡을 수 있는 정정당당한 법조인이 많은 걸로 알고 있습니다. 큰 저울이 되셔서 신동아그룹 사태를 판단해 주시기 바랍니다.

언론계 여러분!

신동아그룹을 해체하여 매각 과정에서 그 많은 사람이 이권에 개입하다가 구속되는 것을 여러분이 직접 취재하시지 않았습니까? 그런 지엽적인 일을 보셨으니 도대체 본체에는 무슨 일이 있었던 것일까? 심층취재를 하여 보도해 주시기 바랍니다.

공직자 여러분!

그 당시의 신동아그룹 사태에 직접 관여한 금융감독원, 금융관리위원회, 재경부, 청와대 경제수석비서관실, 법무비서관실 등에 근무하셨던 공직자 여러분. 그때 직접 보고 느꼈던 신동아그룹 사태에 대하여 알고 계신 내용을 알려 주시면 고맙겠습니다.

국민 여러분!

오랫동안 굶은 사람들의 높은 사람이 소를 한 마리 강제로 빼앗아 오자, 이 소를 잡아 등심 가져가는 사람, 안심 가져가는 사람, 간, 곱창, 꼬리, 족발, 소머리, 갈비, 기타 이렇게 나누어 다 먹어치웠다면, 이건 올바르지 않은 행위를 한 사람들 아닙니까?

이런 사람들이 우리 이웃으로 그냥 잘먹고 잘살 게 놓아 두면 이것은 사회의 정의 에도 위배되 고, 개인의 양심에도 위배되고, 도덕에도 위배 되고, 악에게 선이 당하는 모양세 아닙니까? 후손들이 알면 얼마나 부끄럽겠습니까?

　다시 원주인인 신동아 그룹에게 빼앗아간 기업 들을 되돌려 주어야 우리나라가 참된 자유경제주의 나라임을 만천하에 확인하는 계기가 되지 않겠습니까?

　국민 여러분들의 슬기로운 지혜의 답을 기다리겠습니다.

마음의꽃

제3부
내 마음의 스승

보리 달마 스승_무공덕
육조 혜능 스승_마음이 본래 청정함
마조 도일 스승_평상심 그대로도
운문 문언 스승_매일 매일이 참 좋은 날이다
선능 스승_아침마다 부는 새벽바람
원감 충지 국사_가고 오는 대자유
원감 충지 국사_옛 고향의 꿈
소요 태능 스승_비단옷과 삼베옷
무학 자초 스승_나의 것
함허당 득통 스승_자연과 나

허응당 보우 스승_봄과 가을
허응당 보우 스승_헛꿈
허응당 보우 스승_마음의 현상
허응당 보우 스승_가는 봄
허응당 보우 스승_술잔보다 작은 바다
허응당 보우 스승_바위꽃
허응당 보우 스승_가난한 삶
허응당 보우 스승_빈 절
허응당 보우 스승_옳고 그름
용악 혜견 스승_다음 생애
경허 성우 스승_깨달음의 노래
경허 성우 스승_돌로 만든 여자
경허 성우 스승_마지막 시
퇴옹 성철 스승_행복

보리 달마 스승
무공덕

달마대사는 인도에서 석가모니 부처님 사후 2대조사 가섭, 3대 조사 아난으로주터 내려와서 28대 조사인 분입니다. 이분이 중국이란 큰 나라에 부처님의 말씀을 전파하고자 중국 땅에 도착했을 때는 양나라 무제 때의 일입니다. 달마 대사가 중국땅에 도착했다는 말을 듣고 양나라 무제는 정중하게 궁궐로 모셔 왔습니다.

> 양무제: 달마대사님, 내가 황제 자리에 오른 이래 절을 여러 군데 짓고 승려들 교육을 강화하고 많은 불사를 했습니다. 나의 공덕이 얼마나 크겠습니까?
> 달　마: 공덕이라니요. 그것이 무슨 물건 같이 생긴 것입니까? 무공덕, 공덕이 하나도 없습니다.

이 말을 들은 양무제는 얼떨떨하여 이렇게 물었습니다.

양무제: 내 앞에 서 있는 당신은 누굽니까?
달 마: 잘 모르겠습니다.

누구나 절에 가면 부처님 앞에 나아가 절하며 복 주십시요, 아들, 딸 낳게 해 주십시요, 병 낫게 해 주십시요, 대학에 합격하게 해 주십시요, 고시에 합격하게 해 주십시요, 돈 많이 벌게 해 주십시요, 좋은 배필을 만나 결혼하게 해 주십시요 하고 기도한다.

양나라 무제도 달마라는 큰스님이 오셨다니 잔뜩 기대를 하고 중국 전체를 통일한다든지, 죽어서는 극락행 티켓은 따놓았다든지 뭐 이런 답이 나올 것을 잔득 기대하고 질문을 한 것인데, 엉뚱하게 공덕의 실체를 완전히 부인한 무공덕이라니 과연 그 뜻이 무엇일까요?

달마대사의 무공덕의 뜻을 두 가지만 풀어 보겠습니다.

보통 일반적으로 좋은 일을 하면 마음으로 기쁘다는 생각이 슬며시 일어난다. 이것은 오만과 이기심이 함께하므로 참공덕이 안 될 수 있다. 이런 뜻과 공덕이라면 합격을 시켜 주었다든지 아들을 낳게 되었다든지 그렇게 기도하던 소원를 이루었다고 하지요. 그러면 그걸로 끝이 아닙니까? 그러면 그 다음은 어떻게 되는 것입니까? 공덕이라는 것은 이렇게 한계가 있는 것입니다.

달마 스님이 말씀하신 무공덕이라면 끝없이 복을 받는 무량복덕을 말씀하신 것입니다. 어느 쪽이 더 좋겠습니까? 두말할 것도 없이 끝없는 복을 받는 것이 가장 좋겠지요? 거의 다 부처님께 기도하면, 관세음보살님에게 기도하면 응답을 하십니다. 그러나 받는 사람이 공부한 근기에 따라 받아들이는 사람이 있고 못 받아들이는 사람이 있습니다. 이것이 문제입니다만, 공부하게 하는 것 외에는 방법이 마땅치 않습니다.

공덕에 실체가 없다면 공덕을 행한 인간도 실체가 없을 터인데, 그럼 내 앞에 앉아 있는 너는 누구냐? 하고 양나라 무제가 질문을 하셨지요. 나는 나고 너는 너다, 다만 현재의 시절 인연이 너는 황제고 나는 중이다. 그러나 태어나고 세월이 흐르고 머리가 반백이 되고 죽는 것은 너나 나나 똑같다고 달마 스님이 말씀하셨습니다.

달마 스님의 복덕에 관한 말씀들을 잘들 생각하셔서 이웃을 사랑하고 무거운 짐은 나누어 지고, 불우한 분들은 도와주고 언제나 즐거운 마음으로 한 세상 사시기 바랍니다.

스님들 중에 올바르지 못한 스님들에게 한마디하겠습니다. 요즘 스님들은 우리의 국력 신장에 따라서 그래도 의식주 정도는 쉽게 해결될 줄로 믿습니다. 고려 때 나옹 큰스님은 다리 부러진 솥단지에 '저녁 끼니인 감자 찐 것 서너 개 남았으니 얼마나 넉넉한가'라는 풍요가를 부르셨습니다.

요즈음 대다수의 스님들이 바른 정진을 잘하고 계시는데, 몇몇 생각없는 스님들이 문제입니다.

이런 스님들은 머리를 빡빡 밀어 놓으면 뒷머리가 목탁하고 비슷

마음의꽃

하게 생겼습니다. 그런데 목탁을 치면 맑은 소리가 들리는데 바르지 못한 스님의 머리를 탁 치면 돈 돈 소리가 나올 것 같습니다.

삼 시 세 끼 밥 먹고 병났을 때 병원에 갈 비상금 조금 있고, 주머니에 차비 조금 있으면 공부하는 데 지장이 없을 텐데 저런 스님들은 신도들을 살살 꼬셔서 돈이 만들어지면 고스톱을 치는 모양입니다. 화투장을 동양화라고 하는데, 동양화 보면서도 닦는 모양입니다. 이런 스님들은 절에 있지 않고 집에 있는 나보다도 더 공부를 게을리 하는 스님들입니다.

퇴옹 성철 큰스님이 보셨다면 화투판을 뒤집어엎고 나무 작대기로 두들겨팼을 텐데 큰스님 가신 지가 20년이 넘었으니 세삼 그립습니다.

바르지 못한 스님들은 제발 좀 정신 차리십시오.

육조 혜능 스승
마음이 본래 청정함

신수의 시

몸은 보리의 나무

마음은 거울 같은 것

부지런히 털고 닦아

먼지가 묻지 않게 하라

혜능의 시

몸은 보리 같은 게 없고

마음도 거울이 아니다.

본래 아무것도 없는데

먼지는 어디에 묻는다는 말이냐

1대조사 달마, 2대 혜가, 3대 승찬, 4대 도신, 5대 홍인에 이어 6

마음의꽃

대 조사 혜능을 끝으로 조사의 명칭은 없어집니다. 북쪽의 신수와 남쪽의 혜능이 조사 자리를 놓고 다투었다면 서로 자기가 정통이라고 너무 치열하게 싸웠을 테니 5조 대사 홍인이 여기서 끝낸 것입니다. 7대조는 남악 회양이 되고 8대조는 마조 도일이 되었겠지만 6조 대사 혜능에서 끝난 것이고, 이후에는 몇 대 조사 이런 말은 없어집니다.

위의 시는 그 해설이 이렇습니다.

신수 스님은 우리의 몸과 마음을 실체가 있는 것으로 보았으므로 제법 무아의 부처님 말씀하고 차이가 있습니다. 혜능 스님은 우리의 몸과 마음은 본래 실체가 없는 것으로 보았습니다. 혜능 스님은 몸과 마음은 태어난 바도 없고 사라진 바도 없다. 즉 불생불멸이다. 이런 말씀입니다.

마음은 원래 청정하여 먼지가 낄 데가 없는데, 인간들이 마음의 실체가 있는 것으로 믿고 돈과 재물과 이성 등을 나의 것으로 하기 위해 집착함으로 고요한 마음을 자꾸 일으켜 더럽 합니다. 이것 때문에 생로병사가 있게 됩니다.

남자나 여자나 좋아하는 사람이 생기면 취하고 싶습니다. 취하면 아이가 태어납니다. 생이지요. 아이가 세상 살면서 가끔 아프지요 병입니다. 늙습니다. 노이지요. 결국은 죽게 됩니다. 사이지요.

혜능이 드디어 오조 대사의 설명을 들을 기회를 얻었습니다. 금강경의 응무소주 이생기심 하라. "마음을 일으키지 말고 깨끗한 원래의 마음 그대로 쓰라."는 설명을 듣고 마음이 본래 청정한 줄을 확연히 깨달았습니다. 이후부터는 '마음 청정'이 육조 혜능에게는 기본이 되었습니다. 이게 모두 육조단경에 나오는 말씀입니다.

육조 단경도 돈황 석굴에서 발견된 돈황본 단경이 있습니다. 이 돈황본 단경이 발견될 때 전설 같은 얘기가 있습니다. 컴컴한 석굴에 먼지가 뿌옇게 쌓인 여러 개의 상자 중에 이 돈황본 단경이 있는 상자 부근에는 신비스로운 빛이 감돌고 있었다고 전하고 있습니다. 또 어떤 책에는 육조 스님이 돌아가셔서 육신 보살되었는데, 돌아가신 지가 1200년이 지났는데도 사진으로만 보면 앉아서 돌아가신 모습 그대로 입니다. 또 일연 스님이 쓰신 삼국유사에는 육조 스님이 돌아가실 때 유언을 남기기를, 신라에 삼법이라는 승려가 내 목을 가지러 올 테니 잘 키라고 당부하고 돌아가셨는데, 진짜 신라의 삼법 스님이 육조 스님의 두개골을 신라로 모시고 와 지금 하동에 있는 쌍계사에 육조대사 정상탑을 세우고 모셨다고 전해 내려오고 있으며, 추사 김정희 선생이 '육조 정상탑' 이라고 쓰신 현판이 지금도 그대로 있습니다.

그럼 육조 혜능 대사의 목이 몇 개라는 말입니까? 초보자일 때부터 헷갈리게 만들었습니다. 어디까지가 진실인지 알 수가 없습니다만, 내가 다니던 용인 와우정사는 스리랑카 종정 스님으로부터 부처님 진신사리 세과를 얻어 모시고 왔습니다. 그래서 와우정사 금고 속에 잘 보관하고 있습니다. 그런데 이 진신사리에서 한밤중에 가끔 빛을 내뿜는 방광을 한답니다. 이 사실을 어떻게 해석해야 할지 모르겠습니다.

성철 스님은 불법이 나온 지 벌써 2500년이 지나다 보니 이런 저런 해석이 많이 나왔으나, 이 돈황본 육조 단경으로 불법의 해석에 중심을 삼으라고 말씀하셨습니다.

6조 혜능은 당나라 때 사람이고, 우리는 통일신라 때 사람이므로 원효대사와 혜능대사 두 분은 동시대의 사람이었습니다. 의상 스님은 그때 당나라에 유학을 갔을 땐데, 어떻게 혜능 스님을 못 만났는지 모르겠습니다. 남쪽은 혜능 스님이 북쪽은 신수 스님이 맡아서 가르치고 있을 때이므로 의상 스님이 북쪽에 계시다가 신라로 귀국하셨는지 잘 모르겠습니다. 만약에 원효대사와 의상대사가 혜능대사를 만나 차를 한 잔 나누었더라면 하고 생각해 봅니다. 한 편의 드라마 같습니다.

마조 도일 스승
평상심 그대로도

"평상심 그대로 도"입니다.

중국 마조 땅의 도일이라는 스님이 한 말입니다. 이 분이 젊었을 때 청원 행사 스승 밑에서 도 닦을 때 공부를 하다 말고 꾸벅꾸벅 졸고 있었습니다. 이 꼴을 보고 있던 청원이 기왓장을 들고 와 숫돌에 갈기 시작했습니다. 마조가 가만히 보니까 이상한 생각이 들어서 물었습니다.

"스승님 기왓장을 갈아서 무얼 하시게요?"

"응! 거울을 만들려고."

"이 노인네가 기왓장을 간다고 거울이 됩니까? 중국에서 최고의 스승이라는 분이 웃기고 있네."

"그럼 너는 도를 닦는다는 녀석이 꾸벅꾸벅 졸고만 자빠졌으니 어느 세월에 도를 이루겠느냐?"

여기서 마조가 크게 알아들었습니다.

훗날 마조는 중국의 큰 스승이 되었습니다. 마조 스님이 법문을 한다니까 전국에서 중들이 모여들었습니다. 그야말로 인산인해였습니다. 밤에 법을 설명하는 자리가 만들어졌습니다. '야단법석'은 이렇게 해서 나온 말입니다.

단상에 앉아서 마조 큰스님은 지팡이를 한 번 내려치고 강연을 하기 시작했습니다. 모두들 무슨 말씀을 하나 하고 귀를 기울였습니다.

"평상심이 바로 도, 그것입니다. 내 법문은 끝났습니다. 모두들 안녕히 가십시오."

모두 싱거워빠진 마조화상의 말에 실망했습니다. 매일 매일 일하고 밥 먹고 쉬고 잠자고 누구나 하는 일상의 하루. 이때 지녔던 생각, 이것이 도라는 말인가?

자! 여러분 생각 좀 해 봅시다. 마조화상의 말씀을 알아듣겠습니까?

'오늘도 무사히'

택시 안에 붙어 있는 스티커에 적힌 말입니다.

'안전 제일', '추락 주의'

공사장에 있는 말입니다. 그러니까 오늘도 사고 없었고 무사했다. 그러면 오! 해피 투데이 아닙니까?

마조 스님의 말씀은 일할 때는 철저히 일만 하고 공부할 때는 공부에만 집중하고 잠잘 때는 공상하지 말고 잠만 자고 밥 먹을 때는 밥 생각만 하라는 것입니다. 헛생각 하지 말고.

헛생각이라는 것은 지금 하고 있는 일에 몰두하지 않고 딴생각을 하고 있는 것입니다. 과연 우리는 지금 어떻습니까? 짜장면 한 그릇을 먹으면서도 머리 속에는 기와집을 열두 채씩 지었다 부쉈다 하지 않습니까? 그러니 무슨 맛을 제대로 알겠습니까? 앞으로는 마조 스님의 말씀과 같이 평상시의 마음 그대로 현재하고 있는 일에 몰두하고 유별난 딴생각은 하지 말고 현재의 일에 충실하십시오!

그렇게 세상을 살면 실수를 하지 않게 됩니다. 현재 하고 있는 일에 몰두하지 않고 딴생각을 하게 되면 실수는 반드시 따라옵니다.

현대 사회에서 일어나는 모든 대형 사고는 우리의 실수 때문에 일어났습니다. 그 큰 배가 한쪽으로 넘어지고, 비행기가 추락하고, 새마을호가 달리다 고꾸라지고, 삼풍 백화점이 무너지고, 심지어는 IMF 금융위기까지 불러들였습니다. 이 모두가 너와 나의 실수였습니다. 하는 일에 철저히 몰두하여 실수하지 말고 멋지게 한 세상 삽시다. 실수는 곧 폐가망신과 직결됩니다. 내가 하는 실수를 예수님이 막아주시겠습니까? 부처님이 막아주시겠습니까? 아닙니다. 그분들은 실수를 하지 않게 가르쳐 길을 제시할 뿐이지 직접 실수를 막아줄 수는 없습니다. 아무도 막아줄 수 없습니다. 내 스스로 막아야 합니다.

'평상심 그대로 도'이다.

평소의 마음을 그대로 쓰면 되지 유별나게 마음을 일으킨다든지 마음을 가라앉힌다든지 그런 것을 하지 말라고 하시지만 보통 사람들은 마음이 일어났는지 마음이 가라앉았는지 어떻게 안단 말입니까? 마음이 무언지도 모르겠는데, 마음을 닦아 보고 결론으로 한다는 소리가 마음은 닦을 것도 아무것도 없다. 원래 맑고 맑아서 먼지가 묻을 곳도 없다고 하십니다.

이걸 보통 사람들이 알아들을까요? 보통사람들은 무엇보다도 생업에 바쁩니다. 당장 먹고사는 일이 급한 일입니다. 여러분들의 그 생각이 옳습니다. 도에 대해서 그렇게 깊이 생각할 것 없습니다. 그냥 시간 있을 때 도에 관한 책을 읽어 보다가 마음에 드는 구절이 있거든 반복해서 읽어보기 바랍니다. 마음에 드는 구절이 없거든 때려치우십시오.

그냥 염불만 외워도 극락정토에 간다고 하지 않습니까? 10년 공부 도로아미타불이라는 말이 있지 않습니까? 나의 경우 30년 공부 도로아미타불입니다. 이 말이 무슨 뜻인지 아십니까? 10년 동안 혼신의 힘을 다하여 도를 닦아 보아도 마음이라는 것의 정체를 모르겠더라. 그래서 처음에 하던 것으로 되돌아가 아미타불을 그리워하는 염불이나 외워야겠다. 그렇게만 해도 죽으면 극락에는 갈 수 있으니 하는 말입니다. 그러나 한발 더 나아가서 좀 지루하더라도 책을 읽어 보시는 게 좋기는 제일 좋습니다.

기독교인들이 일요일이면 예배드리고 목사님들에게 성경 말씀을 듣기 위해 교회에 가지않습니까? 이와 같이 한 번이고 두 번이고 1년이고 반복해서 읽다보면 자기도 모르는 사이에 도라고 하는 것의 강한 힘이 어느 틈엔가 축적되어 있게 됩니다. 도의 힘이 축적되어 있으면 화재 현장 불속에서도 살아 나옵니다. 암 수술을 몇 번 해도 죽지 않고 살아 있습니다.

다음 서적을 권하니 참고하시기 바랍니다.

고려 보조국사 지눌이 쓴 글 『수심결』과 『진심직설』입니다. 큰 책방에 가야 있을 것입니다. 이 밖에 고려나 조선시대 큰스님들의 어록을 읽어 보십시오.

운문 문언 스승

매일 매일이 참 좋은 날이다

한문으로 '日日是好日(일일시호일)'.

매일 매일이 참 좋은 날입니다.

중국 운문 땅에 문언 선사가 제자들을 앉혀 놓고 말씀하셨습니다. 사람들은 비가 안 오면 농사를 망치는 가뭄이라고 야단이다. 또 비가 좀 많이 오면 홍수로 다 떠내려간다고 야단이다.

자! 생각 좀 해보자

비가 내리면서 비 자신이 비인 줄 알까? 많이 내리는지 적게 내리는지 알까? 알 리가 없지. 그냥 비는 자연현상일 뿐이니까. 자연이 인간을 위해 있는 것으로 착각하면 안 된다. 오히려 인간이 자연을 위해 있는 것으로 생각하고 접근하면 인간과 자연 모두에 크게 화합의 장이 열릴 것이다. 매사를 이렇게 생각하면 하루 하루가 참으로 좋은 날이다.

위의 선문답과 유사하게 교황 바울 23세는 다음과 같이 말씀하셨습니다.

"올해로 내 나이가 80세를 넘겼다. 올해를 넘길 수 있을까? 그러나 걱정을 하지는 않는다. 왜냐하면 매일 매일이 태어나기도 딱 좋고 죽기도 딱 좋은 날이다."

위의 '일일시호일'은 우리에게 무슨 인생의 길을 가르치고 있을까요? 우리는 어떤 일들을 보면 늘상 차별을 합니다. 차별로 비교하다 보면 이것은 언제나 근심 걱정을 만들어 몰고 다닙니다. 이것을 어떻게 없애든지 줄이든지 하는 방법이 없을까? 하고 생각하다가 하신 말씀입니다.

우리의 머리 속에는 항상 생각이 있습니다. 이 떠올라 있는 생각 중에 근심을 떠 올리면 자기 몸에 상당히 좋지 않습니다. 근심을 늘상 하게 되면 빨리 늙고 병드는 속도가 빨라집니다. 근심 걱정은 윗자리에 올라갈수록 더하고 세상 사는 사람은 거의 다 합니다. 이것을 어떻게 안 할 수는 없고 조금이라도 줄일 수 없을까요? 결국은 자기 스스로 해야지 누가 대신해 줄 수는 없습니다. 나의 인생 내가 사는 것이니까요.

떠올라 있는 근심 걱정에서 즐거운 추억으로, 또는 예전에 좋았던 곳을 가 보는 일로, 또는 멋진 미래를 실천 가능하게 꿈꾸는 것으로 그리하여 행복에 가득 찬 말년을 보내고 화려한 불꽃으로 장식하는 생의 마감을 생각하는 것으로 바꾸어 보면 어떨까요? 그런 생의 마감은 생사문제를 알아야 가능하겠지요?

중국 조주 땅에 종심선사라는 거목이 있었습니다. 이분이 이것과 관련하여 한 마디 했습니다.

"放下着(방하착)"

무슨 일이든지 안 좋은 생각은 풀고 내려놓아라.

조주 종심선사는 "부처가 무엇입니까?" 하고 제자가 물으니까, "뜰 앞에 서 있는 잣나무"라고 손가락으로 잣나무를 가리켜서 많은 후학들을 길러내신 분입니다. 내가 그곳에 서 있었으면 나를 가리키지 않았을까요?

이게 무슨 소리인가? 하고 궁금하거든 여러분 인근에 있는 절에 찾아가서 큰스님께 물어 보십시오.

'일일시호일'을 항상 생각에 넣어 가지고 다녀서 우리 형제자매, 어르신들, 근심 걱정에서 조금이라도 벗어나셨으면 좋겠습니다.

선능 스승

아침마다 부는 새벽바람

萬古長空 一朝風月(만고 장공에 일조 풍월).

선능선사가 하신 선문답입니다. 자! 한번 멋지게 풀어보겠습니다.

萬古(만고): 끝없는 옛날부터

長空(장공): 긴 하늘

一朝(일조): 우리가 늘상 맞이하는 새벽

風月(풍월): 바람과 달

"끝없는 옛날부터 지금까지, 그리고 앞으로도 계속 새벽바람은
불고 새벽이면 달은 진다."

이런 말입니다. 멋지지 않습니까? 이것은 끝없는 과거부터 있어
왔고 지금 현재도 있고 미래에도 끝없이 있을 것을 말합니다. 이
것은 우리의 마음, 또 다른 이름은 영혼을 비유하여 하는 말입니
다. 이것을 현실에 응용해 보겠습니다. 현실에 적용 안 되면 그건
죽은 글입니다.

보수와 진보 문제입니다. 어제 새벽에 불어온 바람이나 오늘 새
벽에 불어온 바람이나 바람이라는 점은 같은 것이다. 이것이 보수
의 주장이라면 진보는 어제 새벽에 분 바람과 오늘 아침에 분 바
람은 틀리다. 오늘 분 바람은 새 바람이다. 이것이 진보의 주장입
니다. 둘 중에 누가 옳고 누가 틀렸습니까? 둘 다 옳습니다! 둘 다
바람인 것도 옳고 새벽바람이 새바람인 것도 옳지 않습니까? 정
치권의 진보와 보수는 주로 국민 복지 가지고 쟁점을 벌이지만,
국리민복의 입장에서는 같습니다. 그러므로 이 둘은 옳다면 둘

다 옳고 틀렸다면 둘 다 틀렸습니다. 양시양비론입니다.

지역 문제입니다. 이 글을 쓰는 나 자신은 경상도 상주 사람입니다. 우리나라 건국 이후 대통령에 취임한 사람들을 보겠습니다. 박정희, 전두환, 노태우, 김영삼, 노무현, 이명박, 박근혜 일곱 분이 경상도 출신입니다. 김대중 한 분이 전라도 출신입니다. 지역이 편파적으로 개발되었다고 하지 않을 수 있겠습니까? 또 5.18 민주화 항쟁 때 경상도 출신의 전두환, 노태우는 가해자이고 피해자는 꽃다운 젊은 분들인 전라도 사람들입니다. 어떻게 비난을 피할 수 있겠습니까? 하지만 나는 다른 방향에서 지역감정을 풀고 싶습니다. 어떤 접근법인가 하면 전라도와 경상도가 무슨 감정이 있는 것처럼 지역 문제를 가지고 있는 것처럼 주로 정치권에서 생각하는 것 같으나, 사실 국민들은 부부로, 친구로, 지인으로 얼마나 다정히 잘 지내고 있는데 헛소리들입니까?

윤회설이라는 게 있습니다. 이것에 의하면 내가 지금까지 몇 번 죽고 몇 번 태어났는지 아십니까? 수없이 여러 번 태어나고 수없이 여러 번 죽었습니다. 전라도에도 태어나고 경상도에도 태어났습니다. 전라도에도 나의 산소가 있고 내 후손들이 있을 것입니다. 경상도에도 나의 산소가 있고 내 후손들이 있을 것입니다. 굳이 경상도와 전라도를 나눌 수 있겠습니까? 미국도 동부와 서부를 나누고 중국도 북방과 남방을 나누고 있지만, 우리처럼 지역감정이라는 말은 없습니다. 이 문제는 조용하다가 꼭 선거 때만 되면 나옵니다. 모든 분들이 마음속에서부터 지우면 결국은 없어질 것입니다.

종교 문제를 보겠습니다.

통일신라, 고려, 조선 1300년의 역사를 가진 건 불교입니다. 기독교는 그 점을 인정해야 합니다. 기독교는 1885년 언더우드 목사님과 알렌 선교사님에 의해 이 땅에 들어왔습니다. 그러나 130년 된 기독교의 신자 수가 지금 천만 명을 넘고 있습니다. 이것은 1300년 된 불교의 신도 수천만과 같습니다.

성경에 우리의 인생살이에 중요한 가르침이 있다고 하는 것을 가르치고 있습니다. 불교는 그 점을 인정해야 합니다. 서로 상대 종교를 비방하는 사람들은 참종교인이 아닙니다. 이 사람들은 냇물입니다. 참 종교인은 강물입니다. 깊습니다. 이 분들은 서로 상대 종교를 왈가왈부하지 않습니다. 시냇물이 문제입니다. 상대 종교에 대해 아무것도 모르는 꼴통들이 제잘제잘대는 얕은 소리 말입니다. 이웃을 사랑하자 하고 이웃에 자비를 베풀자 하고 무엇이 차이입니까?

"사람의 목숨은 풀잎 끝의 이슬과 같으니…"

이것이 성경 구절 인것 같습니까? 불경 구절인 것 같습니까? 베드로 전서에서도 나오고 불경에도 나옵니다. 내 종교만 열심히 공부하십시오. 다른 종교 비방할 시간이 어디 있습니까?

불운과 희망입니다. 영겁의 세월 동안 부는 새벽바람. 앞으로

도 영원히 불 새벽바람. 여러분! 어떻게 맞이하시겠습니까? 아무리 지금 불운하다고 생각하시는 분들도 내일은 희망으로 맞이하시기 바랍니다. 아무리 부정해도 어차피 내일은 희망입니다. 오늘이 지나가면 어김없이 내일은 옵니다.

매듭말입니다. '만고 장공'은 원래의 내 본심, 진심 그대로의 마음, 영원한 마음을 말하고, '일조 풍월'은 그때그때 일어나는 감정의 마음, 시비를 따지는 일시적인 마음을 선능 스승이 말한 것이라고 볼 수도 있습니다. '만고 장공'은 누구나 진심을 가지고 있으므로 만인이 똑같습니다. 문제는 '일조 풍월'의 마음입니다. 이것을 어떻게 쓰느냐에 따라 세상일은 180도 다르게 전개될 것입니다. 마음을 잘 쓰십시오.

원감 충지 국사
가고 오는 대자유

송광사 산물 흘러내리는 길
늦봄의 산색이 곱기도 곱네
몇 가지 동백꽃은 불같이 붉고
천 그루 배꽃은 눈보다 희다
대숲 가에 복숭아꽃 분홍빛
미소 짓네
아침부터 내린 산비에 꽃잎은
다 떨어지고 푸른 새싹만 남았네
오고 가는 것의 자유로움이여!

사랑하는 고향 친구 희경.

위의 선시는 고려 왕조 때 원감국사가 지은 시입니다. 봄의 멋있는 풍경을 노래한 아름다운 시라고 느끼겠지요. 이 시가 우리에게 말하고자 하는 핵심은 '오고 감의 자유'에 있습니다. 우리는 오고 가고 한다면 길에서 사람들이 오고 가고 지하철이나 버스 타고 오고 가고 비행기 타고 태평양을 건너 오고 가는 것을 생각하지만, 여기서 노스님이 말하는 오고 감은 태어나고 죽는 생사의 오고 감을 말하는 것입니다.

꽃이 핀 것은 온 것이고 꽃이 진 것은 간 것입니다. 싹이 난 것은 온 것이지만, 가을이면 낙엽이 되어 가지 않겠습니까? 그러나 낙엽은 땅에 떨어져 썩으면 뿌리로 돌아가 그것이 자양분이 되어 이듬해 다시 새싹이 될 것입니다.

"낙엽은 떨어져 뿌리로 돌아가지만 올 때는 말 없이 오는 것"입니다. 또 이것은 만물이 성하고 쇠하는 원리이기도 하지만, 인간의 생사, 윤회를 포함하고 있습니다. 우리 모두가 두려워하고 무겁게 생각하는 죽는 문제를 원감 스승이 무거운 죽음의 짐을 안심하고 편안하게 받아들여 살게 하기 위해 동백꽃, 배꽃, 복숭아꽃 등 꽃송이로 표현하여 그렇게 멋지게 표현한 시입니다.

죽는 문제에 대해서 안심하십시오. 태어나온 옛 고향집으로 돌아가는 것입니다.

사랑하는 고향 친구야.

상주시 외남면에 있는 외남국민학교 다닐 때, 1학년에 입학하니까 교실이 부족하여 천막 치고 가마니를 바닥에 깔고, 책상 의자가 없으니까 바닥에 엎드려서 가나다를 배우지 않았습니까. 육이

오 전쟁을 겪은 지 4년 정도 지난 때라 지독한 가난 속에 미국에서 보내준 원조물자인 분유 가루 타다 먹고, 보리 개떡에 쑥떡 먹으며 쌀은커녕 보리밥도 없고 밀가루도 배급으로 조금씩 받아서 먹던 시절. 먹을 게 없어 영양분의 결핍 속에 자란 우리 아니겠습니까?

20대가 되어 60년대 중반에 사회에 막 나오니까, 오천년 역사에 한 분 나올 수 있는 위대한 지도자 박정희 대통령 각하께서 '아무리 수염이 석 자라도 먹어야 양반입니다.' '조국 근대화' '새마을 운동' '잘살아 보세' '수출 100억 불 달성' 등을 막 시작 하실 때 아닙니까?

그 지긋지긋한 가난을 이 땅에서 말끔히 몰아내고 우리를 이끌어주신 박정희 대통령님의 고마움을 잊어서는 안 되겠지요. 지금 우리가 이렇게 잘 살고 있는 것을 생각하면 가끔 꿈속에서 또 꿈을 꾸고 있는 것 같습니다.

친구야.

박정희 대통령 각하의 조국 근대화를, 그리고 김대중 대통령 각하의 민주화를 우리 세대가 동참하여 우리 손으로 만들어 놓고 뒤돌아보니 몸은 늙고 흰머리는 인생의 가을이 깊었습니다.

우리 둘 다 말기암 환자지만 정신력만은 그때 여한 없이 일하던 그 시절로 되돌아가 오래 오래 버티고 암을 마음으로 다스리고 건디어 냅시다. 100세 인생이라는데, 85세까지는 살아서 우리나

라가 후진들에 의해 선진국이 되는 것을 지켜보다가 태어나온 원
고향으로 여한 없이 돌아갑시다.

마음의꽃

원감 충지 국사
옛 고향의 꿈

꿈이야 눈 감으면 긴 세월 헛것

내 나이 어언 70세

남가일몽 베개 삼아 높고도 컸던 꿈

부귀영화가 오면 그렇게 즐거웠고

우비고뇌가 오면 슬프고도 슬펐지

그러나 인생살이가

태어나온 옛 고향으로 되돌아감 만이야 하려고

태어나오기 전에 심은 매화나무 꽃이 얼마나

많이 피어 있을까 궁금하구나!

꿈은 철들면서 누구나 품습니다. 꿈을 이룬 사람이 20%, 꿈을 못 이룬 사람이 20%, 그 중간이 60%라고 가정해 봅시다.

지금 세상은 꿈을 이루고 못 이루고를, 돈을 얼마나 벌었는가를 기준으로 삼는 것 같습니다. 크게 잘못 알고 계신 것입니다. 꿈을 이루어 돈을 20억 벌었다고 가정해 봅시다. 이것을 투기인지 투자인지 잘 모르겠지만, 부동산에 투자하여 40억 되고 80억 되고 100억쯤 되었다고 합시다. 이때부터는 돈을 벌었다고 풍요로움 속에 살지는 모르지만, 언제부터인가 우비고뇌라는 고약한 놈이 슬며시 달라붙어 떨어지지 않고 매달려 있는 것입니다.

어떤 우비고뇌인가 하면, 어떻게 이 돈을 더 늘릴까 하는 욕심은 점점 더 커지고, 귀찮은 일가 친척이 얻어 가려고 따라다니니 이걸 안주 자니 뒤에서 갖가지 욕을 다 하고 다니고, 주자니 아깝고, 또 누가 훔쳐갈까 밤낮으로 걱정도 되고, 벌어 놓은 걸 무슨 사업을 벌였다가 홀랑 다 날릴까봐 근심 걱정을 하게 되니 이게 꿈을 이룬 부귀영화의 결과라는 것인가 하고 말입니다.

또 번 돈으로 산을 50만 평쯤 매입했다고 가정해 봅시다. 남들은 좋은 산을 구했다고 속으로는 배아파하겠지만, 겉으로는 입에 엿 발린 소리를 하겠지요. 엿 먹어라! 하고 말이죠. 하지만 나는 이 산 때문에 밤낮으로 근심 걱정에 빠질 수밖에 없게 됩니다. 엿 먹은 거지요. 산에 심어 놓은 귀한 장뇌삼은 누가 캐 가지 않았을까. 자연산 송이버섯은 비싼데 누가 캐 가지 않을까. 표고버섯은 누가 따 가지 않을까. 잣나무의 잣은 누가 따가지는 않았을까. 소나무에 있는 귀한 겨우살이는 누가 따 가지는 않겠지. 비싼 한약 재료라 내가 꼭 먹어야 하는데 하고 말이지요. 내 소유가 아닐 때는 바라보면 그렇게 넉넉하든요. 산의 숲이 내 소유가 되고 나서부터는 근심 걱정의 숲이 되어 우비고뇌가 찰싹 달라붙은 것입니다.

그렇다고 우리 사회의 모든 사람들이 한결같이 나만 위하는 이기심으로 가득 찬 것은 아닙니다. 1억이 넘는 돈을 기부한 사람들이 1000명을 넘어섰다고 합니다. 기부로 모은 돈이 천억을 넘었다는 말입니다. 이 돈을 내신 분들은 마음이 얼마나 풍요롭고 기쁘겠습니까. 무량 복덕을 받으시게 부처님께 기원드리겠습니다. 제발 만 명을 넘고 십만 명을 넘어서면 얼마나 좋을까요. 우리의 국력과도 비례하겠지만, 우리 사회가 결코 어두운 면만 있는 건 아닙니다. 우리 사회의 장래는 한없이 밝습니다. 어차피 내일은 희망이기 때문에 그렇습니다.

내가 평생 살면서 돈을 얼마를 가지면 될까요? 한 번들 계산해 보십시오. 자식들 공부시키고 출가시키고 정년퇴직 후에 국민연금 등 연금 가지고 노부부 둘이서 밥 먹고 용돈 조금 쓰고 그러면 되지 않겠습니까?

물론 건강은 좋아야 되겠지요. 그놈의 돈을 모으려고 유별난 짓을 하다가 한자리 했다고 이름이 난 사람이 검찰청 문 앞에서 큰 곤욕을 치르고 징역 살고 이게 무슨 놈의 꼬라지입니까? 어떤 사람들은 건강이 안 좋아 휠체어를 타고 재판정에 들어가는 것을 보고 돈에 대해서 다시 한 번 생각하게 됩니다.

어차피 나이 70 넘으면 흰머리에서 백발가가 풍기고 흰 수염이 향기로울 때 아닙니까. 돈을 벌었던 못 벌었던 꿈을 이루었던 못 이루었던 그 중간이던 한 자리 했든 아니든, 태어난 옛 고향, 죽어야만이 가는 원래의 고향에 돌아가는 건 누구에게나 절대 평등입니다. 태어난 사람은 누구나 한 번은 가야 하니까요.

태어 나오기 전에 내가 저 세상에서 심어놓은 매화나무 꽃이 얼마나 많이 피어있을까? 하고 궁금하게 생각하십시오. 죽음에 대한 공포를 조금이나마 덜어 드리고 죽음을 자연스럽게 받아들이게 하려고 원감 노스님이 그렇게 간절히 말씀하신 것입니다.

마음의꽃

소요 태능 스승
비단옷과 삼베옷

어릴 때 고향을 떠나

이 산 저 산 두루 밟으며

어제는 가을이라 구름 따라 갔고

오늘은 봄이라 시냇물 따라 왔네

고기 먹는 입이 산나물의 쓴맛을 어찌 알며

비단옷 입으면서 삼베 옷의 차가움을 알까

그러나 원래의 옛 고향으로 되돌아가는 것은 똑같네

원래의 고향을 찾아 아침 안개 맞으며

저녁노을 따라 아득히 수만 리 길 가련다

이 산 저 산을 두루 돌아다닌다든지 어제는 가을이라 두둥실 떠 있는 구름을 따라갔고, 오늘은 봄이라 시냇물 가에 늘어진 버드나무 가지 꺾어 피리를 만들어 불며 왔네.

이것은 우리의 인생살이를 팔 계절에 내 마음을 실어놓은 것입니다. 오는 봄, 가는 봄, 초여름, 늦더위, 초가을, 늦가을, 초겨울, 끝추위 등으로 말입니다. 이와 같이 사계절이 명확한 우리나라 같은 곳에 사는 민족은 그렇지 않은 민족보다 훨씬 근면하고 머리가 명석하고 알뜰하게 쓰고 저축하여 결국은 준비된 풍요로운 국가가 된다는 것입니다.

항상 봄에 씨 뿌리고 한여름 무더위에 키우고 가을에 거둬들여 비축해 놓았다가 엄동설한에 대비한다는 뜻이지요. 겨울이 없는 나라하고 다르다는 말입니다. 뚜렷한 사계절에 따라 내 마음을 함께 실어 오는 봄을 맞고 가는 가을을 보내는 것은 우리의 전통 생활 방식이기도 합니다.

바쁠 때 서로 돕고 수확물은 나누어 먹고 나보다 가난한 이들 좀 나누어 주고…. 예전에는 동네에 큰일이 있을 때는 공동으로 해결하고 명절 때 돼지 한 마리 잡으면 사람들이 고깃국 한 그릇씩 나누어 먹으며, 정월 초하루는 떡국 먹고 어른들께 세배드리며 자식 키우고 노부부가 건강하게 곱게 평생 사는 것이 예전부터 우리 보통 사람들에 평범한 삶이었습니다.

문제는 고려나 조선의 왕조 시대 때 이런 평범한 삶보다 권력자와 권문세가의 족속들 때문에 일어났지요. 고기 먹는 입과 쓰디쓴 산나물 먹는 입, 비단옷 입는 사람과 삼베 적삼 입는 사람, 이것은 문제 중에 큰 차별 문제 아니겠습니까.

온 백성이 쌀밥 먹을 때는 같이 쌀밥 먹고, 보리밥 먹을 때는 같이 보리밥 먹어야지, 백성은 곡식이 떨어져 초근목피로 쑥 캐다 삶아 먹고 냉이 뜯어다 국 끓이고 칡 캐다 먹고 소나무 껍질 벗겨다 먹으며 끼니를 때우고 있는데, 권력을 잡은 세력은 쌀밥에다 고깃국을 처먹고 비단옷으로 몸을 두르고 자빠졌으니 차별을 훨씬 뛰어넘는 몰염치한 나쁜 행동인 것 아니겠습니까. 권문세가나 부자는 산과 냇가를 경계로 할 정도로 땅을 많이 가지고 있고 백성은 못 박을 땅도 없었다니. 지금 들으면 참으로 기가 막힌 옛날 얘기인 것입니다.

그렇지만 너나 나나 부자로 살았든 가난하게 살았든 인생살이의 봄, 여름은 다 지나가고 어느덧 머리는 백발이 되고 허리는 꼬부라져 지팡이 짚고 인생의 가을은 깊어가게 마련입니다.

곧 다가올 겨울 준비를 해야 되지 않겠습니까. 원래 태어난 옛 고향으로 되돌아가는 죽음에 이르면 고기 먹던 입이나 산나물 먹던 입이나 비단 치마 저고리 입던 몸이나 삼베 적삼 입든 몸이나 빈손으로 땅속에 묻히는 건 마찬가지입니다.

원래 빈손으로 왔는데 자기 소유라고 산을 하나 가져 가겠습니까. 논밭을 하나 가져가겠습니까. 도대체 무얼 가져간단 말입니까? 평소에 그렇게 재물을 끌어모을 때는 뭔가를 가져가려고 마음 먹었던 짓이니 첩실이나 돈이나 금덩이나 무얼 가져가려고 쌓아 놓은 것 아니겠습니까? 죽은 후에 무덤에다 금은 보석이나 돈을 하나 가득 넣어 드릴까요? 그러면 아마 그날 밤부터 도굴꾼에 의해 시신도 제대로 못 누워 있을 걸요!

현대를 사는 우리는 마치 왕조 사회 때 권문세가처럼 자기만 잘 벌어서 잘 먹고 잘 살기보다는 나누어 먹고 더불어 살자는 마음을 모두 가지고 있습니다. 이것을 끄집어내어 행동으로 보여주기 바랍니다. 그러면 우리 사회가 이웃과도 따뜻한 정이 넘치고, 행복지수가 전 세계에서 가장 자랑스러운 나라가 될 것입니다.

70대인 내가 어린 시절 할아버지 때만 해도 이웃 간에 인정이 넘쳐흘렀습니다. 밭에 나가서 오이를 몇 개 따시면 동네에 들어오시면서 만나는 사람마다 하나씩 나누어 주며 "더운데 점심 때 오이냉국 해 드세요." 하며 웃으며 헤어졌습니다. 차가운 우물물로 오이 냉국을 만들어 점심을 드신 어르신들은 오후에 밭에 나가 감자를 캐서 갖다 드리며 "낮에 오이 잘 먹었습니다. 감자 좀 삶아 드십시오. 햇감자입니다." 하고 답례를 하는 인정이 흘러넘치는 정경을 보면서 자랐는데, 언제부터인가 이러한 인정사회는 사라지고 이웃집에 누가 사는지도 모르는 사회가 되었습니다.

시골 마을의 흙의 문화 개념이 아파트라는 철근 콘크리트 문명으로 바뀐 것이 주요 원인인 것 같으나 철근 콘크리트 벽 아니라 철골 벽이라도 이웃을 사랑하는 마음이 나의 안에 머물고 있는 한 가로막을 수는 없다고 생각합니다. 뜻있는 분들이 나서서서 우리 도시 마을을 예전 고향 마을처럼 따뜻한 정이 오가는 사회로 회귀시켜 주셨으면 좋겠습니다.

국민들이 가난하고 어려울 때 부잣집 맏아들로 태어나 흉년으로 또는 보리고개로 초근목피 할 때 쌀을 백 가마든 천 가마든 나누어 주어 밥을 먹게 해 주면 얼마나 좋겠습니까. 어떻게 하면 그런 위치에 태어날 수 있을까가 중요한 거지요. 이 책을 읽는 분들은 그 답을 아실 수 있을 것입니다.

지금 당장의 일을 말하라면 종묘앞에 노인들이 많이 모이는데, 점심시간에 천 원짜리 국수를 돈이 없어 못 먹는 노인이 많습니다. 한 그릇 가지고 둘이 나누어 먹기도 하고 어떤 노인은 다른 사람이 먹은 국수 그릇에 국물 남은 것을 마시는 분도 계십니다. 그러면서 배고픈 옆 친구에게 말합니다. "국물 좀 마셔."라고 말입니다. 누가 나서서 하루에 국수 열 그릇이든 백 그릇이든 나누어 먹을 사람 어디 없을까요?

무학 자초 스승
나의 것

천 년 묵은 소나무 가지

봄도 와서 놀고 가을도 와서 놀고

종달새도 오고 낙엽도 와서

놀기에 좋았더라

그렇다고 아무리 놀기에 좋더라도

그대 가지라고 주지는 않는다

엄동설한 흰 눈 내릴 때

산등성이에 학이 날아와

앉기를 좋게 하기 위하여

자! 조용히 생각해 보시지요. 이 세상에서 나의 것이라고 하는 것들은 과연 어떤 게 있습니까? 권력인가 돈인가 남편과 처자식인가? 봄 가을 사계절인가 혹은 산천초목인가 하늘인가 땅인가? 백 년 세월인가 태어남인가 죽음인가? 부귀영화인가 우비고뇌인가 생로병사인가? 내가 창작했다는 글인가 시인가 작곡인가? 일인가 휴식인가? 내 마음인가 내 몸뚱이인가?

이 모든 것이 나의 것이기도 한 것 같고 아니기도 한 것 같지 않습니까?

우리는 과거 현재 미래까지 돈과 재물을 가장 중요시하니까 이걸 먼저 보시지요.

이 세상에 나와 있는 재물이나 돈의 원래 주인은 없습니다. 이게 그때그때 시절 인연 따라 왔다갔다 하므로 흥했다 망했다 합니다.

부가 몰려 있는 기업가를 보시지요.

삼성그룹 창업주 이병철 회장님은 각고 끝에 대기업을 이루고 애지중지 아끼던 삼성을 자질이 풍부한 후세에게 물려주고 이미 돌아가셨지만, 삼성 그룹은 여전히 잘나가고 있습니다.

현대그룹 창업주 정주영 회장님도 피나는 노력으로 현대그룹을 창설하시고 후세에게 고루 잘 나누어 주시고 돌아가셨지만, 여전히 잘 나가고 있습니다.

그러나 100조가 넘는 자산을 바탕으로 해외 각국으로 우리 상품을 수출하며 우리나라 오대 기업 내에 들 정도로 잘 나가던 대우그룹은 IMF 금융위기 때 부채가 많다는 이유로 쫄딱 망했지요.

권력을 잡았던 정치가를 보시지요.

전두환 전 대통령님은 군사 쿠데타로 대통령이 되어 참 힘 있는 대통령이었습니다. 퇴임 후 백담사에서 차디찬 겨울을 났지만 집권할 때 일어난 5.18 민주항쟁 때 돌아가신 우리의 젊은 형제들의 희생은 되돌릴 수가 없습니다. 지금은 아무 힘도 없고 오히려 나라에 내야 할 돈을 못 내는 채무자가 되어 계십니다. 그러나 5.18 때 희생되신 그 꽃봉오리들을 워커 발로 짓밟은 죄는 돌아가실 때까지 빌어도 모자랄 것입니다.

통한의 반성문을 2통 작성하십시오.

하나는 군 후배들에게 "어떠한 경우도 반란은 일으키지 마십시오." 하고 당부하십시오.

또 하나는 "5.18 민주화 항쟁 때 나 때문에 젊은 민주주의의 영웅들이 피어보지도 못하고 총탄의 비명에 가신 것에 대하여 깊이 사죄하고 죽으면 화탕 지옥에 쏜살같이 들어가겠습니다." 하고 부처님께 참회하십시오.

개인들이 부를 이루었다고 생각해 봅시다.

큰돈을 벌어 기업을 하나 운영하고 싶어도 돈이라는 게 나를 따라다니는 게 아니고 요리조리 도망을 다니므로 큰돈을 움켜쥘 수가 없습니다. 어쨌든 1천억쯤 모아서 주식회사를 세웠다고 가정해 봅시다. 기업공개를 하고 주식을 발행하고 상장된 회사라고 봅시다. 경영권은 내가 쥐고 있습니다. 그러면 이게 내 것입니까? 상장법인이면 법인 즉 법으로 사람의 권리와 의무의 자격을 준다는 뜻입니다. 그런데 이것을 만든 사람은 자기 개인 소유로 생각하는 착각에 가끔 빠집니다. 회사 공금으로 비자금을 만들어서 씁니다. 개인 용도로도 많이 쓰지만 정치자금으로도 많이 씁니다.

예를 들면 전에는 선거 때 서울에서 출마한 여당후보는 아는 사람이든 모르는 사람이든 친하고 안 친하고 관계없이 전부 3천씩 돌리고 야당후보에게는 전부 1천씩 돌립니다. 여당만 주고 야당은 안 줬는데 야당이 집권하면 그 기업은 공중분해 당하려고 안 줘? 권력에는 그런 것을 빼앗아 한탕 치려는 기생충들이 따라다니게 마련인데, 어쩌려고 안 줘! 또 돈이 몰려있는 기업에서 정치 자금을 안 주면 정치인들이 어떻게 정치를 해? 그러면 정치가들의 부정부패가 더 심해질 것 아닌가? 이 말은 이해는 갑니다. 그렇지만 이 비자금이 어떻게 삐뜻하여 정보가 새는 날에는 기업 내부 사정이 노출되고 잘못되면 검찰청 현관에서 업무상 횡령 배임으로 붙잡혀 감옥으로 직행 하게 됩니다.

집에서 TV를 보고 있던 어린 손자는 아침에 회사 가실 때 "안녕히 다녀오세요." 하고 인사했던 할아버지가 수갑을 차고 나오니까, 할아버지들도 무슨 수갑 놀이를 하나 하고 깔깔거린다. 저녁에 퇴근하고 오면 수갑은 나를 달라고 해야지 하고 말입니다.

세상에 내 것은 없습니다. 그저 길어야 80여 년 가지고 있다가 이 세상에 되돌려 줘 다음 사람이 가지고 놀게 넘겨주고 나의 먼 길을 갈 뿐입니다. 욕심 부려서 너무 돈! 돈! 해 보았자 돈이 나를 따라주는 것도 아니고 내 손에 들어와도 결국은 나의 것은 아닙니다.

나의 것이 딱 하나 있긴 있습니다. 아마 이 책을 읽는 독자 여러분은 아실 겁니다. 그런데 공부를 안 해가지고 이것도 또한 내 뜻대로 안 되고 있을 것입니다. 이것만 내 뜻대로 되면 1경조보다 더 많이 가진 전 세계에서 가장 부자일 것입니다.

어떻습니까 이 정도를 가지려면 돈 좀 좋아해도 되지 않겠습니까? 그렇지 않고 돈이 있으면서도 올바르지 않고 베풀지도 않던 족속들에게는 저세상에 가실 때 노자돈으로 동전 백 원짜리 한 닢만 물려드리고 맛있는 호박엿을 한입 가득 넣어 드릴게요. 1백 조를 가지고 노셨으니 엿 좀 많이 드시라고!

마음의꽃

함허당 득통 스승
자연과 나

산은 깊고 숲은 우거져
구름은 두둥실 바위에 홀로 앉아
잎은 다 떨어지고 앙상한 가지만 남아
혹독한 엄동설한의 추위를 견디어 내고
자연과 하나가 되었네
하나 된 것으로 다른 이들과 또 하나 되니
자네도 이 맛을 함께 느껴 보세

깊은 숲 속 흰 구름은 둥실 떠 있고 시냇가 매화나무 가지에 하얀 매화는 피었고 맑은 냇물 쉬임없이 흘러가고 아무도 찾아오는 이 없이 적적하고 고요한 곳. 보이는 것은 자연 그대로와 아랫마을 밥 짓는 연기뿐인데, 먼 곳에서 어미 소 송아지 찾는 소리만 들립니다.

가진 것이라고는 물병과 지팡이 하나뿐이나, 부서진 솥단지에 감자 삶은 것 서너 개 남았으니 저녁 걱정은 없습니다. 내 인생살이의 너저분한 근심 걱정의 이파리들은 혹독한 도의 공부, 즉 엄동설한의 과정을 겪으면서 다 떨어내고, 이제는 온전한 공부를 이루고 보니 천지만물과 차별 없이 자연과 하나된 삶이 되더라!

자네들도 이 맛을 좀 함께 느끼면 얼마나 좋겠는가. 이러한 함허 큰스승의 말씀과 우리가 사는 현대 사회와를 비교해 보면요.

현대라는 이 사회, 그저 돈이 최고라고 돈에 눈이 먼 사람들. 다른 사람은 죽든 말든 오로지 나만 생각하는 이기심들로 가득찼지요. 만든 놈이 꼴통으로 잘못 만들어지고 골동품이 다 된 이념을 내세워 벌이는 참혹한 테러와의 전쟁은 벌어지고 있지요. 요즘 전쟁은 이념에다 돈 문제가 얽혀 일어나지요. 나하고 입장이 다르면 참새 대가리가 뭘 안다고 방송에 나와 씹어돌리는 소리의 공해도 있고, 있지도 않은 복 준다고 씨불거리는 목탁 소리나 아멘 소리도 있고, 눈에 아름다운 꽃은 들어오지 않고 보이는 건 그저 상대 이성의 성희롱 생각뿐이지요. 닥치는 대로 죽을 둥 살 둥 모르고 실컷 마시고 처먹고는 뻗어가지고 복잡하게 만드는 병원 응급실 모양새가 참으로 우스운 세태입니다.

술 먹다 사소한 시비로 치고받다가 죽어서 영안실에 들어오는 시신은 뭡니까. 성실히 벌어 알뜰히 살림하고 저축하는 이들에 비하면 그냥 인생살이의 명운을 걸고 돌진하는 한탕주의 작자들. 행운이 만날 따라줄 줄 알고 그러다 한 방에 거지가 되는 수가 있지요. 일자리가 얼마든지 있는데 놀면서 사기 쳐서 먹고 살려는 보이스 피싱족들. 이것들은 중국 놈들하고 같이 하는 놈들이 많은 것 같죠. 한때는 "내가 누군데!" 하며 돈 받아 처먹다가 검찰청 문 앞에서 잡혀 들어가는 꼬라지들을 너무 자주 보는 것 같습니다.

갑질이라는 것도 마찬가지고요. 참 말도 잘 만들어냅니다. 갑질이라니오. '갑을병정무기경신임계'와 '자축인묘진사오미신유술해' 중에 왜 '갑'하고 '을'질만 있습니까. 병질도 있고 정질도 있어야 옳지 않겠습니까? 이런 걸 가지고 속담에 "병신 육갑 한다."고 하는 것입니다. 육갑을 계산하려면 손가락에 있는 네 개 매듭으로 '자축인묘진사오미신유술해'와 '갑을병정무기경신임계'를 합쳐, 예를 들면 올해 2016년이 병신년이면 내년 2017년에는 정유년이 되는 것을 계산하는 셈법인데, 이것을 손가락이 없는 병신이 육갑을 계산한다는 말로 기초가 없는 사람이 어떤 이상한 짓을 할 때 하는 말입니다.

또 그걸 취재하여 특종을 하려는 초년생 기자들의 경쟁심도 좋지만 "돈 받으셨습니까?" 하고 물으면 "절대 안 받았습니다. 검찰에 가서 다 밝히겠습니다." 라는 뻔한 소리를 뭣 하러 그렇게 물어봅니까.

요즈음은 분명히 불의인데도 이것을 가지고 방송만 타면 스타가 되는 세태입니다. 또 아주 나쁜 일이 뉴스가 되어 나가면 바로 모방 범죄가 일어납니다. 이거 보통일이 아닙니다. 예술을 하는 아름다운 마음의 소유자도 체면 유지와 밥그릇 싸움은 해야 되는 세상도 좀 피했으면 좋겠고요.

전직 대통령이라면 국민이 낸 세금으로 월급 주어 유일하게 나라 통치에 노하우를 갖추고 있건만, 그걸 활용할 생각은 안 하고 감옥에다 가두는 사람이나 감옥에 갇힌 사람이나 역사를 바로 세우는 것도 좋지만, 후세에 창피하기도 한 일입니다. 또 전직 대통령이 산에서 뛰어내리시고 또 뛰어내리시게 한 원인은 뭔가요. 천연의 명이 다하여 돌아가시고 자살하시고 병원에 누워 말도 못하시고. 이러다 귀하고 귀하신 전직 대통령이 몇이나 남겠습니까.

그저 살아계신 전두환, 노태우, 이명박, 박근혜 대통령님들에게는 국리민복의 자문을 바라고 돌아가신 이승만, 박정희, 최규하, 노무현, 김대중, 김영삼 대통령님들은 명복을 길게 빌 뿐입니다.

모두들 노력하여 우리나라를 발전시켜 선진국이 되더라도 함허 스승이 말씀하시듯이 조용히 차분히 해 나가면 안 될까요? 얼마든지 가능합니다. 아무리 일이 많아 분주해도 우리 한 사람 각자 본래의 마음은 고요하게 자리잡고 있기 때문입니다. 잠들기 전에 위의 함허 큰스승의 시를 한 번 외우고 고뇌의 모든 짐을 내던져 버리면 오늘 생긴 몸과 마음의 상처는 깨끗이 없어질 겁니다.

대개의 경우 위의 산속에서 공부하는 분들이 10% 아래의 유별난 짓을 하는 족속들이 10%라고 가정해 보면, 나머지 80%는 평범한 우리 서민들입니다. 열심히 일하고 돈 벌어 나이 드신 부모님과 자식들 부양하고 조금씩 저축하고 이웃과 화목하고 불우이웃에게 조금씩 나누어 주고 이렇게 성실히 사는 우리 서민들이 있기에 오늘도 어김없이 우리 사회는 발전하는 것입니다.

열심히 일하는 가운데에서도 위의 함허 스승 같은 삶을 정신적으로라도 위로를 받으며 살면 자연과 하나가 되는 경지까지는 못 가더라도 건강에도 생활에도 도움을 받으리라 확신합니다.

허응당 보우 스승
봄과 가을

봄

드디어 봄이구나 간밤 추위 물러가고
창문을 여니 만물이 좋아하는 것을 본다
앞산은 눈 녹은 맨 얼굴 드러내고
얼음 녹은 냇물 소리 잘 들리네
냇가에 버들가지 눈썹 그린 것 같고
복숭아 꽃 빙그레 미소 짓네
글을 쓰던 나그네 고개를 번쩍 드니
먼 산에 아지랑이 눈에 어른거리고
다시 보는 산봉우리 새삼스럽네

가을

빈 정자에 올라 뒤돌아보니 눈에 가득 가을
국화꽃에 맺힌 물방울 구슬 같고
소나무에 단풍 드니 붉은 색과 푸른색이 잘 어울려

쌀쌀한 바람이 일자 알밤 떨어지는 소리
서리 내린 들판은 적막하여
벌레의 울음소리도 멈추었네
내가 이룬 도를 전할 사람이 없어 눈물 겨워 하노라

위의 하응당 스승님의 시를 읽어 보면 그 추운 겨울을 보내고 만물이 좋아하는 봄을 맞는 일과 폭염 속에 어느덧 가을이 찾아온 계절의 변화를 실감할 수 있습니다. 우리의 인생살이를 이렇게 한 번 사계절로 나누어 봅시다.

태어나서 초·중·대학교 공부하고 병역의 의무를 마치고 사회에 나와 일을 하는 나이를 30세로 보면 여기까지가 씨를 뿌리는 봄입니다. 40년간 참으로 부지런히 일을 합니다. 많은 것을 이루고 벌어서 알뜰하게 쓰고 쌓아놓게 농사를 잘 지었습니다. 이것을 여름이라고 합니다. 나이 70이면 백발이 성성한 노인입니다. 이제부터는 가을입니다. 85세에 죽을지 90세에 죽을지 언제 죽을지 모르지만 죽는 건 틀림없는 사실입니다. 인생살이의 엄동설한의 겨울인 것입니다.

지금 내 나이가 70이라고 가정합시다. 90세에 죽는다고 가정하지요. 2035년에 나는 죽을 것이고 또한 몸과 얼굴과 이름이 바뀌고 지난 과거생을 전연 기억하지 못하는 내가 2035년에 다시 태어날 것입니다. 새싹이 자라 꽃봉오리를 맺게 하는 봄입니다. 2065년 30세에 내 인생은 사회에 나와 땀 흘리기 시작하는 여름입니다. 2105년에 내 인생은 흰 수염이 향기로운 나이 70의 가을빛일 것입니다. 2125년 죽음의 세계로 가는 나이 90의 겨울이 왔습니다. 다시 2125년에 나는 다시 태어날 것입니다.

내가 왜 이렇게 죽고 태어나고를 반복해서 설명하는가 하면, 지금 세상에서 하는 모든 행위가 '업'으로 쌓여 다음 세상에서 시절인연이 닿으면 '보'가 되어 그대로 받게 된다는 사실을 강조하기 위해서입니다.

윤회에서 가장 명심해야 할 것은 지금 현재입니다. 과거생의 업보를 말끔하게 씻고 다음생을 위해서도 어떻게 하든지 현재생을 착하고 자비를 베풀고 복 받게 살아야 합니다.

마음의꽃

허응당 보우 스승
헛꿈

바람이 불면 파도가 일고
파도가 일면 티끌이 일어난다.
이 밝은 세상에 웬 헛생각이
이리도 많이 일어나는가
바람만 가라앉으면
파도가 가라앉고 파도가 가라앉으면
바닷물은 잔잔해진다
지금 당장 나의 모든 것을 단번에
내던져 버리면 마음의 등불 하나가
남아 강기슭 가득히 가을

위의 선시를 쓰신 허응당 노사는 "나의 모든 것을 단박에 집어 던져 버려라." "모든 것을 내려놓아라." 하고 절규하십니다.

자! 이제 조금 가볍게 생각해 보지요. 우리가 사회에 살면서 각자 맡은 직분이 있습니다. 정치인, 경제인, 문화인, 언론인, 등 기업 사장 회사원, 의사, 연예인, 글쓰는 이, 농민, 어민 등 다양합니다.

이 분들이 거의 "단박에 다 집어던져 버려라."라고 하면 현재의 직업을 포기하고 일을 그만두란 말인가? 하고 생각할 수가 있습니다. 얼마나 피눈물 나는 각고 끝에 얻은 자리이고, 얼마나 고심 끝에 얻은 재산인데, 그것을 포기하라니 그럴 사람이 어디에 있단 말입니까?

그러나 허응당 스승의 "단번에 다 집어던져라."라는 말은 전연 그런 뜻이 아닙니다. 머릿속에 항상 떠올라 있는 생각을 나쁜 것은 단박에 버리고 좋은 것은 권장하고, 깊이깊이 생각하여 모든 일을 결정하고 실행하라는 말입니다. 한 번 잘못 결정하면 폐가망신하기 때문에 하는 말입니다.

떠오르는 잡생각을 버릴 수는 없을까요? 간단합니다! 생각을 바꾸면 됩니다. 현재의 나쁜 생각을 버리기만 한다면 사물의 실체를 천연 그대로 진실되게 볼 수 있습니다. 지금까지 건성으로 보던 강기슭에 찾아온 가을을 가을 그대로 확연히 볼 수있다 그런 말씀입니다. 그렇게만 된다면 지금까지 안 쳐다보던 밝은 달을 다시 한 번 쳐다보게 될 것입니다.

아~ 밝은 달이 원만하기도 하지. 우리를 보고 웃고 있구나. 아~ 옛날 통일시라의 달밤도 오늘과 같았겠지. 고려 때나 조선의 밤하늘에 뜨던 달도 저 달이겠지 하고 말입니다.

우리의 형제자매 국민들이 태평성세 속에 태평가를 부를 날은 언제일까요? 조국 근대화의 과정을 거쳐 일을 열심히 한 결과 지금 부르고 있지 않습니까?

웃음을 자아내는 글을 하나 옮겨 써 보겠습니다. 정다운 스님이 쓴 정감록이라는 책에서 본 내용입니다.

정다운 스님은 승려로서 소설을 쓰는 분입니다. 내가 용인에 있는 와우정사에서 거사회 회장을 할 때 윤고암 종정의 시자 출신이며 와우정사 창건주 김해근 법사에게 정다운 스님의 이야기를 많이 듣고 있었습니다. 내가 근무하던 63빌딩에서 칼국수를 들고 계시는 다운 스님을 만났습니다. 차집에서 쌍화탕을 한 잔 하면서 서로 인사를 나누었습니다. 다운 스님은 1987년 대선 때 정감록의 예언을 다음과 같이 해석하셨습니다.

"푸른 원숭이가 바다 한가운데다 모래로 성을 쌓는다." 이것을 해석해 보면 이렇습니다.

푸른 군복, 원숭이, 즉 원숭띠, 바다 한가운데 모래로 성을 쌓는다, 크게 어리석다는 말이 된다. 이건 노태우 대통령의 당선을 예언한 것으로 군인 출신의 원숭이 띠인 '태우', 즉 '큰 어리석음'을 가진 자가 정도령이 된다. 실제로 김대중, 김영삼, 노태우 세 분의 선거전에서 노 후보가 당선되었습니다.

원래 정감록의 저자는 5명이 넘습니다. 신라 때 진표율사의 '우물 정' 자의 정감록이 있고, 고려 창업을 예언한 도선의 비기도 있고, 조선 창업을 예언한 무학의 비기도 있습니다. 조선의 창업을 예언한 목자득국은 고려 무신란의 주모자 이자겸 시절부터 있던 이 씨가 왕이 된다는 내용입니다. 그 밖에도 산림비기 등 몇 가지가 더 있습니다.

다운 스님의 책에 있는 재미난 이야기는 이렇습니다.

여자가 돌다리를 건너다가 소변이 보고 싶어 돌과 돌 사이에 걸터앉아서 쉬를 했습니다. 물속에 있던 게란 놈이 갑자기 뜨거운 물이 확 쏟아지니까 놀라서 여자의 특정 부위를 꽉 물어버렸습니다. 일어나지도 못하고 여자가 앉아있는데, 중이 지나갔습니다. 여자가 손가락으로 아래를 가리키며 도움을 청했습니다.

중이 무슨일인가 하고 여자의 아래를 들여다보았습니다. 게란 놈이 뭐가 번쩍번쩍하는 머리가 보이니까 나머지 한 발로 중의 입술을 물어버렸습니다. 지나가던 사람들이 여자가 소변을 보는데 중이 들여다보고 있으니 손바닥을 치면서 웃어재꼈습니다. 중하고 여자가 깜짝 놀라 벌떡 일어났습니다. 게란 놈한테 물려서 떨어진 살점을 얼른 도로 같다 붙였습니다. 그리고 아무 일도 없었던 것처럼 헤어졌습니다.

저녁에 남편이 볼일을 좀 보려니까, 여자 거기서 "아미타불 아마타불" 하는 것이었습니다. 남편은 기절초풍했습니다. 절에 돌아온 중은 염불을 외우기 시작했습니다. 그랬더니 입만 벌리면 "시불 시불" 하는 것이었습니다. 옆에 동료들에게 민망해서 혼났습니다. 서로 살점이 바뀌어 붙여진 것입니다. 그래서 이것의 제목을 '시블

시불 아마타불'이라고 하는 것입니다.

승려 출신으로 시와 글을 쓰는 분으로는 고은 선생이 계십니다. 이 분은 입산하여 구산스님이나 법정스님과 같이 도를 닦다가 환속을 하셨습니다. 60년대 말 내가 문학 청년 시절 '휴머니즘'과 니체의 '인간적인 너무나 인간적인'이라는 사상에 빠져 있을 때에도 신동아 같은 월간지에 실리는 고은 선생의 글에 매료당했습니다. 해마다 연말이면 노벨문학상 수상자 후보에 올라가십니다.

60년대 말에 일본의 가와바다 야스나리라는 사람이 노벨 문학상을 탔습니다. 이 분이 쓴 『설국』이라는 책을 보면 사실 내용은 별거 아닌 눈의 나라에 관광 온 관광객과 기생의 사랑 얘기를 그리고 있을 뿐입니다. 다만 글을 시계부속품을 다루듯이 정밀하게 쓰고 있다는 점은 높이 평가하여야 할 것 같습니다.

우리 고은 선생님도 꼭 노벨 문학상을 받으셨으면 나라의 경사가 나겠는데 하는 생각입니다.

허응당 보우 스승
마음의 현상

도를 닦으려고 굳게 마음먹고
천길 만길 오로지 한길
박씨네 김씨네 이씨네 인간들이 만든 헛것
산이네 강이네 들판이네 신이 만든 이름
여름 더위 겨울 추위는 하늘의 숨소리
봄에 꽃 피고 가을에 단풍 지는 것은 이 땅의 생사
세상만사 마음의 현상이거늘
나의 보물 창고를 놓아두고
공연히 밖으로 찾아서 분주 떨지 말자

보우 선사는 명종의 어머니 문정왕후의 후광으로 불교 일을 좀 할 수 있었습니다. 조선은 태조 이성계의 쿠데타 일급 참모 정도 전부터 『삼봉집』에서 불교를 '불씨잡변', 즉 불교의 잡소리라고 통박하면서 불교를 배척했습니다. 정도전은 원래 이색 선생을 정점

마음의꽃

으로 하여 권근, 정몽주, 하륜 등과 같이 주자학파입니다. 학파가 달라서이기도 했지만, 당시 불교도 오백여 년을 국교로 내려오면서 썩을 대로 썩어 있었습니다. 고려 말엽 나옹 왕사나 태고 보우 같은 큰스님이 계셨지만 신돈 같은 권승이 끼어들어 속수무책이었습니다.

쿠데타를 계획하는 정도전에게는 기가 막힌 명분이 되는 것이 절에서 어마어마한 양의 토지를 소유하고 있었다는 사실입니다. 쿠데타에 성공한 정도전은 절 소유의 모든 토지를 몰수하여 이성계에게 갖다바침으로써 떡고물을 챙길 수가 있었습니다. 쿠데타에 운 좋게 성공하여 권력의 단물을 맛본 정도전은 자식 대와 후손들의 세세생생 권력을 누리게 하려고 이성계의 후처 강비 소생의 어린 방석을 왕세자로 옹립하였다가 호랑이 같은 이방원에게 목이 잘리는 것입니다.

경복궁을 짓고 왕이 부르면 10분 내에 달려갈 수 있는 지금의 한국일보 본사 건너편이 정도전의 99칸 저택이었는데, 이곳에서 이방원의 사병들에 의해 참살당한 것입니다. 정작 조선 3대 왕 태종이 된 이방원은 전국에 역사가 깊은 사찰 몇 개를 남기고 전국의 사찰들을 부숴버렸습니다. 그 전에는 마을에 있던 사찰들이 이때부터 불교는 산중에만 있는 산속 움막 불교가 된 것입니다.

연산군이나 중종 때는 불교 탄압이 절정을 이룬 시기입니다. 유학자들이 조선의 기본 사상인 유교 사회를 위하여 끝없는 농간을 부렸습니다. 보우 스승이 산중 불교가 된 침체된 불교 일을 좀 할 때 유학자들 중 거의 조선 최고봉인 퇴계 이황과 율곡 이이 같은 사람이 동시대에 같이 살았으니 오죽 했겠습니까. 꺼져가는 조선의 불교의 등불을 밝히려고 참 많은 애를 태우신 분입니다. 내가 보우 스승을 특히 존경하는 것은 600 여 편의 시를 쓰신 시인이기도 하기 때문입니다.

보우 스님에 얽힌 옛날 얘기를 하나 더 하겠습니다.

변협이라는 사람이 문정황후에게 인사 청탁의 줄을 대기 위하여 봉은사에 찾아와 선종판서이신 보우 스님을 찾아왔습니다.

보우 스님을 만날 수 없던 변협이는 봉은사 화장실 부근에서 기회를 엿보고 있었습니다. 스님 하나가 변협의 행동이 이상해서 "여기서 뭐 하십니까?" 하고 물어 보니까, 변협이 "아 봉은사 화장실 대들보를 보면 죽어서 극락에 간다고 해서 대들보를 보고 있었습니다." 하고 능청스럽게 대답했습니다. 인사 문제 같은 것은 개입하지 않는 보우 스님인지라 변협이를 만나주지도 않았겠지요.

문정왕후가 돌아가시고 나니까 유학자들이 보우 스님을 죽이라고 연일 상소를 올리고 탄핵했습니다. 명종 임금도 할 수 없이 어머니의 유지를 어기고 제주도로 귀양을 보냈습니다. 하필 그때 제주도 목사가 변협이었습니다. 얼마나 박해를 가했는지 그곳에서 애석하게도 순교하셨습니다.

돌아가실 때 쓴 유언의 시는 다음과 같습니다.

오십여 년을 살았는데
참 유별난 짓을 많이 겪었다.
이제 탈바가지를 벗고자 한다.
앞으로는 부귀영화도 우비고뇌도 없는
세상에 태어나
푸른 하늘을 마음껏 날으리

　세상에서 일어나는 모든 일들이 한 사람 한 사람의 마음이 일으키는 현상입니다. 우리의 마음은 좋은 마음과 나쁜 마음 둘 다 가지고 있습니다. 이 중에서 좋은 마음을 많이 쓰는 사람은 반드시 성공하고 나쁜 마음을 쓰는 사람들은 불행해집니다. 우리 모두는 고르고 골라서 좋은 마음만을 일으키고 써야 할 것입니다.

허응당 보우 스승
가는 봄

바람에 떨어지는 꽃잎 수만 편
새들의 노래 서너 곡조
술과 시와 노래가 없다면
가는 봄을 어찌 보내나

어느 나그네가 길을 가고 있었습니다. 몹시 목이 말라 물을 찾고 있었습니다. 산골짝 계곡에서 맑은 물이 흐르는 것을 본 나그네는 실컷 마셨습니다. "아! 잘 마셨다." 하고 일어선 나그네는 계속 길을 갔습니다.

몇 발작 가다가는 되돌아와 계곡 흐르는 물 보고 "이제 그만 흐르고 멈춰라." 하고 말했습니다. 아까도 나그네 발에 밟혀 간신히 참은 뱀이 또 와서 밟으니까, 이번에는 죽을 힘을 다해 나그네의 발목을 물어 버렸습니다.

어리석은 사람도 이와 같습니다. 매사 자연의 섭리를 따라야지

이에 역행하든지 자기의 욕망만 채우고 남들은 불운해지기를 바라는 사람들이 좀 있는데, 이런 사람들은 자기가 먼저 불행해진다는 것을 명심해야 할 것입니다.

뱀이라는 놈은 눈이 머리에 달렸으므로 항상 머리가 몸뚱이를 끌고 다닙니다. 하루는 꼬리가 "왜 너만 앞으로 가고 나는 항상 끌려 다녀야 하느냐? 이제부터는 내가 앞으로 갈 테니 그렇게 알라."라고 말했습니다.

머리가 "너는 눈이 없어서 앞으로 못 가니 그냥 따라와." 하고 계속 앞으로 갔습니다. 화가 난 꼬리가 나뭇가지에다 꼬리를 칭칭 감아버렸습니다.

할 수 없이 머리가 "그러면 니가 앞으로 가라." 꼬리가 앞으로 가려니 캄캄해서 보이는 게 있어야지요. 땅을 더듬으며 가던 꼬리가 모닥불 피워놓은 곳에 빠져버렸습니다. 꼬리만 죽은 게 아니고 머리도 함께 불에 타 죽었습니다.

어리석은 사람들도 이와 같습니다. 자기 자신의 능력은 생각하지 않고 위의 자리에 올라 권력만 휘두르고 돈만 챙기면 자기만 망하는 것이 아니고 그 조직도 붕괴되고 사회에도 나쁜 영향을 끼칩니다.

또 모두 앞으로 나아가야 되는데 이기심으로 뒤에서 잡아당기는 혹시 내가 꼬리 같은 짓은 하고 있지 않는지 뒤돌아보기 바랍니다.

큰 배가 바다로 나아가 오대양 육대주로 종횡무진 수출 상품을 내려놓고 또 다음 나라로 나아가야 되는데, 출발도 못하게 뒤에서 수만 명이 잡아당기면 배가 앞으로 가지 못하고 뒤로 땅으로 끌려 나올 것입니다. 배가 산으로 가는 것이지요.

　　반드시 큰 조직에는 다양한 사람이 모이다 보니 이런 방해꾼들이 있게 마련입니다. 조직의 책임자는 이런 자들을 가차 없이 조치를 취해야지 그냥두면 암적 존재가 됩니다.

마음의꽃

허응당 보우 스승
술잔보다 작은 바다

지팡이 짚고
산등성이에 올라
구만 리 하늘을
날으는 기러기
술잔보다 작은
푸른 바다.

허응당 스승도 술 취하셨네! 어떻게 술잔이 바다보다 크단 말입니까?

나는 도를 닦아 본 적이 없습니다. 그저 스승들의 책 몇 권 읽고 주둥이만 살아서 이 글들을 쓰고 있으니 그저 송구스럽지만, 세상에 많은 학문 중에 이런 것도 있구나 하는 선의 기초를 알려주는 정도로.

40세 이전 사람들은 한자를 거의 알지 못하는 점을 생각하여 한자는 한 글자도 쓰지 않은 점 등을 고려하여 너무 나무라지 않기를 바랍니다.

본론으로 들어가 보겠습니다.

예전에는 막걸리 마실 때 사발 같은 데다 따라 마셨습니다. 술이 취해서 술잔을 들면 눈앞을 가로막으니 바다는 안 보이고 술잔만 보일 수밖에 없겠지요. 그러니 술잔이 더 크게 보일 수밖에 더 있겠습니까.

이것은 인간들의 눈앞에 이익만 쫓는 이기심을 질타하신 것입니다.

현대를 사는 우리는 도무지 남이라고 하는 상대방에 대한 배려는 잊은 지 오래입니다. 나만 잘 먹고 나만 잘살고 돈은 나만 벌고, 이러한 것을 나만 생각하는 이기심이라고 합니다. 남이 죽는 것보다 내 감기가 더 중요하다는 이기심, 이것의 끝이 어디일까요? 아마 패망이나 몰락 아닐까요? 아니면 돈도 못 벌면서 내 욕심만 잔뜩 키워 놓은 것 아닐까요? 이런 것을 업으로 많이 쌓았으니 좋은 과보를 받을 리가 있겠습니까?

차별이라는 것의 정체를 조금 살펴보겠습니다. 크다 작다고 하는 차별 문제를 보겠습니다. 이 세상에서 두 가지로 나누어지는 차별을 하게 만드는 원인 인 상대성은 다음과 같습니다.

많고 적고, 높고 낮고, 멀고 가깝고, 길고 짧고, 이렇게 여러 가지인데, 여기서는 한 가지 예를 들어 크고 작은 것을 보겠습니다.

싱가폴보다 한국이 크지요. 중국이 한국보다 크지요. 세계가 중국보다 크지요. 우주는 세계보다 크지요. 역으로 하면 작은 게 됩니다.

많고 적은 것도 마찬가지입니다. 선의 공부에 있어서는 상대적인 두 개와 그것의 차별을 가장 싫어합니다. 큰 게 없으면 작은 것은 어디서 나오는가. 작은 게 없으면 큰 것은 어디서 나오는가. 하나를 들면 다른 하나는 저절로 따라 나옵니다. 작은 게 앞에 없으면 큰 것 혼자 어떻게 성립하겠습니까. 이건 '불이' 즉 두 개가 아니라는 것입니다.

신토불이, 즉 몸과 흙이 두 개가 아니라는 것입니다. 내 몸이라고 하는 이것은 흙, 물, 불, 바람으로 구성되어 있기 때문에 흙에서 와서 죽으면 흙으로 돌아가니까, 두 개가 아니라는 것입니다.

왜 이렇게 극구 주장을 하는가 하면 차별을 하지 말자는 것입니다. 부자와 가난한 사람도 10억 가진 사람이 1억 가진 사람 앞에 돈이 좀 있다고 거들먹거리면 100억 가진 사람 앞에는 10억 가진 사람이 엎드려 기어서 지나가야 할 것 아닙니까. 그러니 잘났니 못났니 차별해 보아야 자기가 잘나면 얼마나 잘났으며 또 못나봐야 얼마나 못났겠습니까. 거기서 거기지.

매사를 이와 같이 생각하시고 차별하지 말고 한세상 살면 내 마음도 편하고 상대방도 편하고 이웃 간에 서로 다정하고 가정도 평온하고 싸울 일이 없어지니까 좋지 않겠습니까.

행복과 불행을 보겠습니다. 행복은 두 가지로 나누어집니다. 하나는 영원한 행복이요, 하나는 일시적인 행복입니다. 영원한 행복은 하느님이 계시는 천당엘 가던지 부처님이 계시는 극락엘 가면 이루어지겠지요. 일시적인 행복은 세상 살면서 그때 그때 부귀영화가 왔을 때이겠지요. 불행은 영원한 불행이라고는 없지요. 일시적인 불행은 세상 살면서 그때그때 일어나는 우비고뇌를 말하는 것이겠지요. 사업에 망했다든지 병이 나았다든지 이별을 할 때라든지 고통을 겪을 때 등이겠지요.

그렇지만 불행 뒤에 따라오는 것은 희망이 있습니다. 행복과 불행은 세상 살면서 반복해서 윤회하지요. 행복을 들어올리면 불행도 따라서 올라오고, 불행을 들어올리면 행복이 따라 올라옵니다.

이것은 두 개이면서도 하나이며 하나이면서도 두 개입니다. 그러니 행복과 불행을 나누지 말고 한세상 멋지게 살면 됩니다.

마음의꽃

허응당 보우 스승
바위꽃

산에 바람이 멈추니
소나무 소리도 고요해
찌는 무더위 산비를
기다린다.
고요히 홀로 앉았으니
코끝에 닿는 향기
문득 돌아보니
무수히 핀 바위꽃

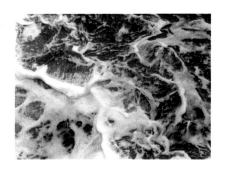

이 선시는 허응당 보우 스승의 것으로, 이 분은 이조 13대 명종 임금 때 문정왕후의 후원 하에 지금의 장관자리인 정2품직에 올라 지금의 강남의 COEX 부근에 있는 봉은사에서 주석하시며 선승의 선발 및 교종과 선종의 통합 작업을 하셨으며 600여 편의 시를 쓰셨습니다. 훗날 임진왜란 때의 서산대사 휴정은 이때 선발되

셨습니다.

자! 이제 허응당 보우 스승의 도에 대한 깊은 마음을 한번 풀어 보겠습니다.

산이라는 마음에 바람 소리라는 번뇌 망상이 일어났다가 가라 앉으면 남는 것은 무더운 더위뿐입니다. 산속에 내리는 시원한 한 줄기의 산비를 기다릴 수밖에 없겠지요. 산승은 고요히 앉아 깊은 도의 세계에 들어갑니다. 그 도의 도착지가 무엇이었을까요? 놀라지 마십시오!

바위를 꽃으로 보신 것입니다.

누구나 어떻게 바위가 꽃이 될까? 하고 생각 할 수 있으나, 이 사실을 이상하다고 생각하다가 끝내는 이런 정신세계도 있구나 하고 생각할 수가 있게 됩니다. 스님들이 산속에서 정신세계 속에 머무는 것을 참선 정진한다고 말하는데, 이건 공부하는 학생들 이야기이고, 큰 깨달음을 이루신 스승님들의 정신세계는 실로 보통 사람들은 가늠하기 어렵습니다. 이러한 무한대의 정신세계가 있어 오늘도 세상은 꾸준히 발전한다고 생각합니다.

자! 보우 스님이 바위꽃을 말하셨으니, 내 마음에 한 송이 꽃을 피워 놓아 보십시오. 그렇게만 된다면 세상천지 만물이 모두 꽃으로 보일 것입니다.

현실적으로 똥꽃을 봅시다. 우습다고요? 직장암 수술환자는 건강할 때 보던 것처럼 자연스럽게 대변 한 번 보는 것이 간절한 소원이 됩니다. 보통 건강한 성인들은 하루에 한두 번 대변을 보지만, 환자들은 하루에 여섯 번에서 열두 번 정도 대변을 봅니다. 비데로 매번 닦고 해도 흔히 항문이 헐어 피가 나곤 합니다. 고통이 심합니다. 그러나 그렇게라도 대변을 보니까 병을 치료해 가며 살아 있는 겁니다. 대변이 어찌 고맙지 않겠습니까? 그건 환자에게는 꽃 중에 꽃입니다.

동백, 목련, 매화, 진달래, 철쭉, 개나리, 배꽃, 복숭아꽃, 장미, 국화, 이런 자연의 꽃을 마음에 피우는 것은 쉽지 않습니까? 한겨울에 피는 눈꽃, 설화는 어떻습니까? 꽃이 사람을 보고 늘상 인사를 하는데, 사람이 무심하여 모르고 지나가네! 이런 말 들어 보셨습니까?

그 인사를 우리가 받을 줄 알아야 되지 않겠습니까. 그냥 그대로 자연의 꽃을 받아들여 아! 이것은 장미꽃이구나 하고 장미꽃 그대로를 느꼈다 하면 그것이 바로 도입니다.

마조 도일 스승이 말씀하시지 않았습니까. 평상심 그대로 느끼면 바로 그것이 도라고! 평상심에 잡생각이 끼어들면 안전사고 나지요. 우리의 평소에 굳은 머리 때문에 자연 그대로 받아들이기가 어려울 수가 있습니다. 순수한 자연을 원래 생긴 그대로 받아들이기가 어려우면 그 속에는 잡념이 많이 끼어든 것입니다. 이 잡념을 버리려면 그 약 처방은 간단합니다. 생각만 바꾸면 됩니다.

생각을 바꾸는 것이 어렵다 어렵다 하면 하늘과 땅 차이지만,

쉽다 쉽다 하면 옷 입은 채로 침대에서 낮잠 한숨 잔 것과 같다는 말도 있습니다. 생각을 바꾸자는 것에 대하여 예를 하나 들어보겠습니다. 바로 우리나라 대표 기업 삼성그룹 이야기있습니다.

IMF라는 게 무엇인지도 모르고 일반상식 문제집에나 나올 때입니다. IMF가 이 땅의 경제를 초토화시키기 5년 전 정도라고 생각합니다. 삼성그룹 이건희 회장은 구라파 지점장 회의에서 극구 강조하셨습니다. "변하지 않으면 죽는다, 부인과 자식만 빼고 전부 바꾸어봐!"라고. 지금 삼성의 제품들을 보십시오. 전 세계에서 1위를 차지하는 스마트폰을 예로 보십시오.

90년 중반에 자동차에서 통화하는 이동용 전화가 카폰이라고 하더니 이어서 핸드폰이 나오고 지금의 스마트 폰이 나왔습니다. 작은 몸집에 TV, 녹음기, 사진, 타자기, 전신, 전화, 편지, 물건 구입, 은행 업무의 대금 결제, 자동이체, 오디오, 컴퓨터, 영화 기능 등 우리의 손바닥 안에 모든 것이 다 들어오는 세상이 된 것입니다.

이게 삼성 연구진의 손가락이 만들었습니까? 머리가 만들었습니까? 머릿속에 있는 정신세계인 생각이 만든 것 아닙니까? 생각을 다른 데 쓰면, 예컨대 운전하다 딴 생각하면 사고 납니다. 그렇지만 생각이 핸드폰을 개발하면 훨씬 기능이 많은 스마트폰을 만듭니다. 앞으로 냉장고, 세탁기, 청소기, 정수기, 비데, 전자 레인지 등을 한꺼번에 묶는 기계가 개발될 것입니다.

보우 큰스승은 바위도 꽃을 피게 하는데, 우리가 자동차도 하늘을 나는 것이 개발되지 말라는 법도 없지요. 무인자동차도 개발되고 있지 않습니까. 비행기처럼 높이 날지 않아도 허공은 한없이 넓으니까 조금만 떠서 나는 자동차가 개발된다면 교통체증과 차 때문에 싸우던 일은 옛날이야기가 되겠네요.

오백 년 전에 보우 큰스승님은 바위를 꽃으로 만드는 발상의 전환을 이미 하고 계셨다니 그저 놀라울 뿐입니다. 정말 존경스럽습니다. 후세의 사람들이 좀더 일찍 이 뜻을 간파했으면 국력이 강해져 일본 놈들에게 36년간 국권을 빼앗기지도 않았고 남북한이 갈라지지도 않았을 텐데 참으로 통탄스럽습니다.

오늘날 삼성이 일류 기업으로 건재한 것을 보면 이건희 회장은 정말 앞을 내다보는 경제의 도가 있고 경제의 꽃을 마음속에 늘상 피우고 계신 분이 아니겠습니까? 삼성은 계속 이 정신으로 나아가면 세계에서 손꼽히는 기업이 될 것입니다.

사람의 머릿속에는 늘상 상념이 떠오르고 있습니다. 가장 중요시 해야 할 것은 지금 머릿속의 생각을 다시 한 번 뒤돌아보라는 것입니다. 상대의 입장에서 한 번 생각하라는 것입니다. 그러면 앞의 생각이 옳은지 아닌지 확실히 아실 수가 있을 것입니다.

그리고 마지막의 생각에는 꽃을 피우십시오. 이게 무슨 소리인가 하면 싸우지 말고 좋게 결론을 내리라는 것입니다. 그리만 되면 세상천지가 꽃밭으로 아름답겠지요. 세상은 싸울 일 없이 평화스럽겠지요. 이런 말입니다.

허응당 보우 스승
가난한 삶

부처님 말씀 사라진 지 오래 되고
허송세월로 흰 구름만 바라보고 있네
추운 아침은 차가운 밤 주워다가 먹고
저녁에는 마른 배춧잎으로 때운다
빈 바리때에는 거미줄 친 지 오래고
아궁이 재에는 참새의 발자국만 남았네
이 가난을 보고 높은 분이 보시를 보내 왔네

　　허응당 큰스승의 가난한 삶을 얘기한 시입니다. 세상은 고려 오
백 년에 빛나던 부처님 말씀은 사라진 지 오래이고 온통 유교 사
회가 되어 공자 왈 맹자 왈뿐이구나. 내가 할 일이 너무 없어 뜬
구름만 쳐다보고 있다고 하셨는데, 그도 그럴 것이 이때 유교 쪽
에는 퇴계 이황이나 율곡 이이 선생이 맹활약을 하실 때이니까,
아무리 도가 깊은 허응당 스승이라도 주위를 돌아보아야 유교 선

비들뿐이고 오고 가는 사람도 없고 상대가 없으니까 그저 천지 대자연과 대화를 할 수밖에 없지 않았겠습니까.

이렇게 해서 쓰신 한시가 자그마치 600여 수가 전해 내려오고 있는 것입니다. 전해오는 것이 600여 수라면 실제로는 천 수 이상 쓰셨다는 말씀이 됩니다.

아침에는 뒷산에서 차겁게 얼은 알밤을 주워다 먹고, 저녁에는 마른 배춧잎 주워다 삶아 저녁으로 때우며 살고 있네. 빈 밥그릇에는 거미줄 치고 부엌 불타다 남은 재에는 혹시 먹을 게 없을까 참새가 날아 와 발자국을 남겼네. 이러한 나의 가난을 아시고 영의정이 쌀 한 되와 보리쌀 두 되를 보내와서 오래간만에 따뜻한 밥을 먹어보네.

이런 가난 속의 낙빈가를 노래하고 있는 것이 위의 시입니다. 고려 말 왕사를 지내신 나옹 스승도 부러진 솥단지에 감자 찐 것 서너 개 남았으니 이 얼마나 풍요로운가 하고 풍요가를 부르셨습니다.

나옹 스승이나 보우 스승이나 같은 맥락입니다. 야사에는 권승으로 표현되고 있지만 권력이 있던 스승이 먹고 살 게 없어 아침에 일어나 뒷산에 올라가 떨어진 알밤을 몇 개 주워다가 끼니를 때웠겠습니까.

문정왕후를 모시고 있으면서 당시 권력자들에게 유행하던 자리를 팔았더라면 돈이 있던지 전답이 있어 따뜻한 밥은 먹을 수 있지 않았겠습니까.

유교의 양반님네들이 저희는 동인이네 서인이네 당파싸움을 벌리면서도 먹고 사는 문제는 잘 먹고 살면서 가난뱅이 시골 산속의 허웅당 스승을 모함하기 위해 권승이라고 몰아붙인 것입니다. 당시 율곡 이이는 명절 때는 갈비를 친구들과 나누어 먹었다는 기록이 나옵니다. 산속에서 밤새 떨어진 알밤을 주워다 아침을 먹는데, 유학자들은 갈비 구이라니요. 누가 생각해도 형평에 맞지 않습니다.

앞으로는 야사의 기록으로 허웅당 보우스님을 위해하기 위해 나오는 드라마는 거짓말이므로 절대 시청하지 마십시오. 시간 낭비입니다. 당시 문정왕후의 오라비 윤원형 대감 첩실 정난정이가 문정왕후를 모시고 봉은사에 보우 스승을 뵈러 자주 갔는데, 보우스승은 문정왕후가 상대지 정난정이 같은 첩실하고는 대화의 상대가 아니었습니다. 그런데도 마치 야사에는 보우 스승과 정난정이 야합하여 문정왕후에게 청탁을 넣어 자리라도 판 것처럼 쓰고 있으나, 그렇다면 자리 판 돈은 어디 가고 보우 스승은 떨어진 밤 주워다 아침 먹고 상추 뜯어다가 저녁 먹었겠습니까.

앞으로는 유학자들 말이나 야사에 속지 마십시오. 보우 스승이 문정왕후를 등에 업고 하고자 하는 일은 조선 왕조에 들어와 3대 태종 때부터 피폐해지고 산속으로 가서 생활하던 불교의 진흥뿐이었습니다. 교종과 선종을 통합하고 승과 제도를 설치하여 우수

한 승려를 배출한 것입니다. 서산대사 휴정은 이때 발탁된 승려로, 후일 임진왜란 때 전국의 승려를 끌어 모아 의병장으로 맹활약을 하시게 되는 것입니다.

허응당 보우 스승의 기념관은 강남구 봉은사 경내에 있습니다. 많은 참관을 바라겠습니다. 지하철 7호선 청담역에 내리시면 됩니다.

허응당 보우 스승
빈 절

마음의꽃

눈 나리는 빈 절에 홀로 서서
야반삼경에 달빛은 내리고
차가운 바람은 나그네 볏속을 파고드네
얼음이 얼어 냇물을 본 지 오래지만
마음은 늘상 옛 고향에 가 있네
이 세상에 올 때 심어 놓은 매화나무
지금쯤 얼마나 꽃이 많이 필까
부귀영화 좋다 하나
옛 고향만이야 할려고

마음이 늘상 옛 고향에 가 있네. 이 말은 저세상, 즉 이 세상에 태어나오기 이전 살았던 저세상을 말합니다. 내가 이 세상에서 8. 90을 살면 죽을 것 아닙니까. 그때 다시 찾아가는 곳을 말합니다.

기독교는 죽으면 천국으로 가지만, 불교는 죽으면 태어나온 곳으로 되돌아가는 것으로 봅니다. 사후 세계를 달리 보는 것이지요. 불교는 죽음에 대한 사람들의 두려움을 없애 주고 안심시키기 위해서 나온 것입니다. 기독교처럼 죽어서 천국으로 가면 최고로 좋겠지만, 기독교 신자가 아닌 많은 사람들은 죽음에 대해 어디에 기댈 데가 없지 않습니까. 그것을 불교는 태어나온 고향으로 되돌아가는 것으로 설명하는 것입니다.

또 불교는 극락설이 있습니다. 그러나 기독교의 천당설이나 불교의 극락설이나 착한 사람 깨끗한 사람만 가는 것이지 이 세상 사람 모두 다 가는 것은 아니지 않습니까. 천당으로 가고 극락으로 가고 남은 사람들은 어디로 가야겠습니까. 태어나온 옛 고향으로라도 되돌아가야 하지 않겠습니까. 사람이 죽으면 몸은 버려야 되지 않습니까. 영혼은 몸에서 빠져나와 어디로 갈까요.

그건 중요하지 않습니다. 그냥 이렇게 하면 됩니다. 이 세상 살면서 좋은 일 많이 하고 이웃을 사랑하고 나누어 먹고 착하게 살면 답이 나와 있지 않습니까. 답이 보이지요. 이 세상 한 세상도 잘 보내야겠지만, 어차피 죽어야 하니까, 다음 세상도 중요하겠지요. 내가 저세상에서 심어놓은 매화나무가 꽃이 얼마나 많이 피고 있을까 궁금해서라도 한 번 가 보아야겠지요.

죽음을 두려워하지 마십시오. 그 대신 좋은 일을 많이 하십시오. 실천하는 게 중요합니다.

허응당 보우 스승
옳고 그름

산중 겹겹이 구름에 에워싸이고
늦가을에 짙은 단풍 붉었구나
저녁노을에 이슬 먹은 들국화
서리 맞은 찬바람에 떨어지는 알밤
한가한 도인들 차 한 잔 들고
담담히 앉아 돌아갈 줄 모르네
머리가 하얗게 백발인 노승은
구름과 저녁노을에 빠져
시비를 잊어버리고
봄에 꽃 피고 가을에 낙엽 지는
세월만 바라볼 뿐
달리 무엇을 기특하게 느끼겠는가

깊은 산속 움막에서 바라보는 것이 봄 여름 가을 겨울의 계절의 변화와 하늘을 쳐다보면 늘상 있는 흰 구름의 흐름과 저녁노을 속에 하루하루를 보내시는 노선사. 세상에서 일어나는 일에 간섭할 일도 없고 참견할 일도 없고 그렇게 살다 보니 도대체 시비할 일이 무엇이 있겠습니까.

평생을 공부하신 노 스승은 시비를 안 하는 게 아니고 시비라는 것을 마음속에서 지워 없애고 사는 삶, 이것이 중요하다고 하는 경책의 말씀입니다.

우리의 지금 세상은 한 날 한 시도 시비에서 떨어질 수가 없습니다. 그렇지만 항상 나는 옳고 너는 틀렸다는 생각을 하기 쉬운데, 이건 안 되지요. 내가 틀렸으면 틀렸다고 솔직히 시인 하는 것이 훌륭한 사람이지요. 틀린 줄 알면서도 옳다고 고집 하는 것은 소인배가 하는 짓이지요.

정치판에서 이 문제는 많이 등장합니다. 저 사람이 옳으냐 틀렸느냐의 판단은 국민 여러분의 몫입니다. 자기가 좋아하는 정당이라고 그 정당 사람이 하는 것은 무조건 옳다고 따라갈 국민은 없습니다. 정치인은 그 점을 분명히 아서야 합니다. 냇물이 없는데 다리를 놓아 주겠다고 하는 것이 정치인이랍니다.

우리 국민들은 민도가 높아 여기에 속을 사람은 없겠지요. 그런 엉터리 말에 속지 않아야 우리나라도 선진국이 될 것이고 또 정치인들도 변할 것입니다. 국민이 나서서 정치판을 정치인을 고쳐 놓아야 할 줄로 믿습니다.

용악 혜견 스승
다음 생애

머리카락은 백발이요 얼굴은 주름살 졌네

봄에는 꽃 보고 가을에는 낙엽 보며

이곳저곳 떠돌았던 한 세월

부자는 백 가마니의 쌀이 있어도 불만이고

가난한 사람들은 쌀밥 한 끼 먹는 것이 소원이네

지난 생이 기억에 없는데 어떻게 다음 생을 알까?

궁금하거든 착한 일만 많이 하시오

용악 스님은 부처님의 말씀인 금강 반야 다라 심경, 줄여서 금강경이라고 하는 경전을 10만 번 암송을 하여 유명하신 분입니다. 용악 스님이 금강경을 암송 도중에 치아에서 사리가 나왔다고 합니다. 또 용악 스님은 해인사에 있는 8만대장경 판에다가 먹물을 바르고 종이를 올려놓고 판본을 찍어 널리 배포하는 일을 하셨는데, 당시는 종이가 얼마나 귀할 때입니까. 그래도 그 일을 열심히

하셨습니다. 부처님 말씀을 전파하는 일이지요. 지금도 성철 종정이 머무르시던 합천 해인사에 가면 경판을 복사하여 줍니다.

용악 스님에게 이런 재미난 이야기가 있습니다. 용악 스님이 어른이 되어 어느 날 꿈을 꾸는데, 오산에 있는 수암사라는 절에 가서 맑은 차를 한 잔 마시는 꿈을 꾸었답니다. 그런데 이상한 것은 해마다 똑같은 날 수암사에 가서 차를 마시는 꿈을 꾸셨답니다. 용악 스님도 속으로는 생전 가 보지도 않았고 알지도 못하는 곳인데 이상하다고 생각하고 있었습니다.

그러던 어느 날 오산에서 스님이 한 분 절에 오셨습니다. 용악 스님이 물었습니다.

"오산에 수암사라는 절이 있습니까?"

"예 제가 있는 절이 바로 수암사입니다."

"그러면 그 절이 공양하는 곳은 이렇게 생겼고 공부방은 이렇게 생겼고 법당은 이러 이러하게 생겼습니까?"

"아니 스님이 어떻게 그렇게 자세히 아십니까? 언제 수암사에 오셨었습니까?"

"그러면 모 월 모 일은 무슨 날입니까?"

"아! 그날은 우리 절을 크게 중창하신 큰스님이 돌아가신 날이라 해마다 그날은 다례를 지냅니다."

"그 큰스님이 평상시에 하고 싶어하던 일이 무엇이었습니까?"

"예! 금강경을 복사하여 일반인들에게 배포하는 일이었지요."

속으로 용악스님은 바로 자기의 전생을 아신 것입니다. 예전에 큰스님들 중에 도를 이룬 분들은 꿈에서가 아니고 깊은 참선 중에 자기의 과거생을 본 분들이 한둘이 아니고 많습니다.

위의 용악 스님의 시에서 느끼는 것은 쌀 백 가마니를 쌓아 놓으면 부자라서 배가 고플 일은 없겠구나 하고 생각하지만, 부자는 욕심을 내어 천 가마니의 쌀을 갖고 싶어 한다는 것이 인간의 본능인데, 이것을 경고하는 말씀입니다.

요즘 말로 바꾸면 돈이 10억쯤 있으면 부자인데 100억을 가지려 하고 1,000억을 가지려고 욕심을 부리는데, 이것은 자칫 잘못하면 패가망신하여 1천만 원도 못 가지는 수가 있으니 웬만한 선에서 욕심을 버려야 한다는 지극히 당연한 말씀입니다. 이 욕심은 나쁜 업을 쌓게 되어 다음생에도 연결되니 욕심을 버리고 돈도 나누어 쓰는 착한 일을 많이 하라는 말씀 입니다. 여러분 세상 살면서 잘 생각해 보시기 바랍니다.

경허 성우 스승

깨달음의 노래

깨달음의 노래(1)

산에서 평생 도 닦고 사는 게 옳으냐

세상에서 결혼하고 자식 낳고

돈 벌고 사는 게 옳으냐

봄이면 꽃 피지 않는 곳이 있드냐

누군가 나에게 도에 대해 묻는다면

돌로 만든 여자가 세상에 없는 노래를

부른다고 말하리라

깨달음의 노래(2)

소의 코뚜레에 고삐를 매어야 하는데

끼울 콧구멍이 없다는 소 얘기를 듣고

홀연히 알아들었으니

이 세상 모두가 깨달음의 집인 것을

초여름 우거진 숲속 암자에서

일 없는 사람은 누워서 태평성세를
원하는 태평곡이나 부르련다

경허 성우선사. 조선조 말엽 근세 초기 조계종 최대의 선사이십니다. 이 분의 깨달음의 노래를 내가 따라 부른다는 것은 아마 원뜻의 백분의 일에도 못 미치겠지만, 한문을 안 배운 세대와 선의 기초를 모르는 분들을 위하여 그래도 장님이 코끼리 다리라도 더듬어 보는 심정으로 쓰겠습니다.

산속에서 도를 이루어 중생구제를 목적으로 하는 스님들의 삶이 옳으냐, 세상에서 가정을 이루고 자식 낳아 부양하며 한세상 부귀영화와 우비고뇌 속에 사는 게 옳으냐? 둘 중에 어떤 게 옳으냐? 이것처럼 어리석은 질문은 없다. 왜냐 하면 봄이면 산이고 들판이고 도시고 시골이고 꽃 안 피는 곳이 있느냐? 가을이면 단풍 들고 낙엽 떨어지지 않는 곳이 있느냐?

위의 산속 스님들의 삶이나 세속의 사람들의 삶이나 둘 다 옳다. 어느 한쪽의 패배가 아닌 양쪽 모두의 차별이 없는 무차별의 승리를 강조하신 것입니다.

"도가 무엇인가?"의 답변으로는 돌로 만든 여자의 말씀을 하셨는데, 이 말씀은 세상 모든 것은 헛것이라는 뜻입니다. 믿지 마세요! 단단한 돌로 만들었든 연약한 풀로 만들었든 아침의 풀잎 끝에 이슬처럼 결국은 사라집니다. 세상 모든 일에 차별하지 마세요! 이것 때문에 그 많은 세상의 싸움이 만들어지지만 결국은 헛

마음의꽃

것입니다.

이 헛것은 가짜입니다. 오로지 세상이 무너져도 없어지지 않는 진짜가 하나 있습니다. 바로 죽으면 영혼이요, 살아서는 내 마음 이것입니다. 이것은 '무시 무종' 계산할 수 없는 옛날부터 있어 왔고 앞으로도 끝이 없이 있을 것입니다. 마음의 힘은 한계가 없이 커서 겁외가, 즉 우주 밖의 노래도 담을 수 있습니다.

도를 딱으나 세속에 사나, 단단한 돌이나 연약한 풀잎이나 내 마음에 안 담기는 것은 없습니다. 딱딱한 돌은 건축 재료로 써서 좋고 연약한 풀잎 끝에 맺힌 이슬은 시인에게는 시의 소재가 되어 좋습니다. 이 모든 것을 다 담아도 허공 같이 항상 마음은 텅 비어 있습니다.

여러분! 모두 이 거대한 마음을 모두 가지고 있습니다. 다만 문제는 이 마음을 어떻게 쓰느냐에 따라서 그 사람 한평생의 인생살이가 결정 될 것입니다. 얼마든지 넓은 마음을 쓸 수도 있고 얼마든지 큰 마음으로 살 수도 있습니다. 또 이 허공은 너무 넓어 사고 팔 수가 없습니다. 그래도 누구 살 생각 있는 사람 없나요?

경허 스님은 이미 사셨습니다. 일 없는 사람이 태평성세에 드러누워 국민들을 위해 태평곡을 부르는 것은 공부를 다 맞쳐 더 할 공부가 남아 있지 않은 사람에게 이런 좁은 허공은 문제될 게 없겠지요. 허공도 북방 허공, 남방 허공, 서방 허공, 동방 허공이 있습니다.

경허 스님은 모두 다 사셨지만, 어느 한 쪽이라도 사실 다음 분 없습니까? 누구나 마음을 넓게 쓰고 크게 쓰라는 말입니다. 그런 데 그게 잘 안 되지요. 돈으로 억만 금을 주어도 살수가 없으나 공부로는 살 수가 있는 것입니다.

경허 스승의 깨달음의 노래는 분쟁이 있는 곳에 갖다 놓으면 다 해결의 열쇠가 됩니다. 예로 노사 분규 현장에 갖다 놓으면 주장 하는 내용이 노도 옳고 사도 옳지요. 정치판에 오면 양쪽 주장 내 용이 여도 옳고 야도 옳지요. 이와 같이 각각 자기 입장에서 하는 주장은 둘 다 옳지요. 좌파와 우파, 진보와 보수, 싱싱한 것과 시 든 것, 젊은이와 노인, 재산이 많은 사람과 재산이 적은 사람 등 의 문제에 모두 응용해 볼 수가 있습니다. 참으로 후세들에게 큰 가르침을 남겨 주셨습니다.

마음의꽃

경허 성우 스승
돌로 만든 여자

돌로 만든 여자가 신나게 피리를 부니
나무로 만든 남자가 수양버들 휘늘어지듯이
몸을 비비 꼬며 춤을 잘도 추네
사람들은 그런 일은 도 닦는 일이지
나와 무슨 관계가 있느냐고 묻는다
참 웃습구나
자기의 본래 성품은 돌아보지도 않고
꿈속에서 또 꿈을 꾸는 사람들

옛날 중국 조주 땅에 종심이라는 큰 스승이 계셨습니다. 이 분은 멀리서 공부하는 학인들이 공부한 내용을 점검 받으러 그 먼 곳에서 몇 날 며칠을 걸어서 찾아오면 이렇게 했다고 합니다.

조주: 차나 한 잔 들게!

제자: 네.

조주: 다 마셨으면 가 보게.

머나먼 길을 스승을 뵙고자 찾아왔건만 공부한 것은 묻지도 않고 차 한 잔 주고는 가 보라니? 조주 종심 스승의 오묘한 뜻은 과연 무엇이라고 생각들 하십니까?

우리나라도 같습니다. 우리나라 조선 중기 때 퇴계 이황 선생이 계십니다. 이 분이 안동 예안땅에서 후학들을 가르치고 계실 때 그의 제자들이 강릉에서 토종꿀 한 병을 들고 대관령을 넘어 며칠 걸려서 예안 땅에 도착하여 스승이신 퇴계 선생을 만났다는 것입니다.

스승과 제자가 만나서 무엇을 하였는가? 학문을 토론한 것이 아닙니다. 차 마시고 웃고 하는 담소를 나누었다는 기록이 나옵니다. 어떻습니까? 꼭 말로 해야 알아듣겠습니까?

언어도단이라고 있지 않습니까? 예컨대 어미와 자식 간의 정에 꼭 말이 필요합니까? 사제지간에도 마찬가지고 사랑하는 연인 사이도 마찬가지 이심전심이지요.

옛날이나 지금이나 참 쓸데없는 사상이나 지식이나 허튼 말이 너무 많은 세상입니다. 먼 옛날 통일신라부터 고려까지 천 년 이상 나라의 이념은 불교입니다. 그 다음 조선의 오백 년 이념은 공자, 맹자의 유교지요. 그리고 보니 왕조 사회가 끝나고 제국주의를 거쳐 지금까지 백여 년 지난 세월인데, 지금 세상은 참 이념이 많이 탄생했습니다. 자유주의, 민주주의, 자본주의, 공산주의, 사회주의, 보수주의, 진보주의. 그런데 이런 주의 중에 탄생되지 말아야 할 사상이 세상에 나오면 큰일이지요. 바로 공산주의 같은 것 말이지요.

칼 맑스라는 꼴통이 만들고 레닌이라는 등신이 실험을 거쳐 나온 것이 맑스 레닌주의 아닙니까. 백 년도 못 가는 걸 무슨 놈의 사상이라고 만들어가지고 이놈의 공산주의 때문에 동족끼리 죽이고 죽는 전쟁을 벌이고, 나라가 두 개로 나누어져 가장 피해를 본 건 우리 민족입니다. 칼 맑스라는 놈과 레닌이라는 놈 그리고 스탈린이라는 놈들은 세상에 태어나지 말아야 할 놈들이 태어나서 독일에서 태어난 놈이 왜 우리나라에 이렇게 큰 피해를 주는지 참 알다가도 모를 일입니다.

1945년 7월 17일부터 8월 2일까지 포츠담에서 회의가 열렸고 미·영·중이 결정한 것은 일본의 영토분할이었지 한반도의 분할은 아니었는데, 8월 8일 뒤늦게 참전한 소련 놈들 때문에 우리나라가 분할 통치된 것을 생각하면 우리 민족의 큰 불운이라고 생각됩니다. 일본 놈들이 1945년 8월 15일에 항복하지 않고 일주일만 앞당겨 항복을 했더라면 우리나라에 저 원수 같은 3.8선이 생기지 않을 수도 있었습니다. 남북한이 분단되고 3년 후에 태어난 내가 몸에 병이 깊어 분단된 우리 민족이 통일이 된 후 아름답고 부유해진 선진 조국을 못 보고 죽을 것 같아 애석하기 짝이 없습니다.

한 가지 더 하겠습니다. TV나 영화 같은 것에 나오는 사극 말입니다. 예를 들면 장희빈 같은 것은 아마 수십 편 나왔을걸요. 그런데 도대체 어떤 게 진실입니까? 아무리 흥미위주로 쓴다지만 거의 다 정사에 나오는 얘기가 아니고, 그 시대의 뒤에서 수근거리던 얘기인 야사에 있는 것을 이야기꺼리로 만들었으니 도대체 어떤 게 진실인지 알 길이 있어야지요?

정사를 비탕으로 해도 영화 이순신 장군의 〈명량〉 같은 것은 관객이 천만을 돌파하지 않았습니까. 또 6.25전쟁과 조국 근대화를 같이한 세대의 이야기 〈국제시장〉도 천만을 돌파하지 않았습니까. 정사에 입각해서도 크게 히트 칠 것들을 두서너 가지 소개코저 합니다.

이방원과 정도전, 대왕 세조, 대왕 성종, 연산군과 그의 시, 광해군과 양다리 외교, 대왕 인조의 북벌계획, 대왕 영조, 순조대왕, 강화도령 철종, 민중전과 이용익, 삼일천하의 갑신정변, 중전 마마의 암살범, 유학자 권근, 유학의 개혁파 조광조, 퇴계 이황, 율곡 이이, 다산 정약용, 홍경래의 반란, 녹두장군 전봉준, 을사오적, 청산리 전투와 김좌진, 의사 이봉창, 건국의 아버지 이승만, 독립운동의 선구자 백범 김구, 조국근대화의 영웅 박정희, 민주화의 상징 김대중, 젊은 대통령 노무현, 당나라와 의상, 보조국사 지눌, 태고 보우 국사, 돼지 같은 무학대사, 함허당 득통, 허응당 보우, 사명당 유정, 천주교와 병인박해, 신해·신유사옥과 천진암, 경허 성우, 만해 한용운, 기독교의 꽃씨 언더우드, 제중원과 알렌, 한경직 목사님, 퇴옹 성철, 삼성상회와 이병철, 쌀 배달꾼 정주영, 칠전팔

기의 최성모, 맨땅에 해딩 김우중 등입니다.

지식의 세계도 좋지만 이것은 세상을 복잡하게 만듭니다. 세상이 복잡할수록 우리 국민들은 지혜의 말씀이 있는 세상도 원합니다.

또 이런 문답도 있습니다. 멀리서 찾아온 제자가 공부한 내용을 점검 받으러 와서 절을 하고는 이렇게 말합니다.

제자: 스승님 공부를 제대로 못해 이렇게 빈손으로 왔습니다.
조주: 내려놓게나.
제자: 예? 빈손인데 뭘 내려놓습니까?
조주: 그럼 계속 들고 있겠는가? 그걸 내려놓게나.

조주 스승의 친절한 가르침에 감사해야겠지요. 손에 아무것도 없는데 무얼 내려놓을까? 빈손이라는 것 자체도 내려놓으라는 말씀입니다.

돈에 관해서 우리는 있어도 걱정 없어도 걱정은 마찬가지 아니겠습니까. 건강도 아플 때나 안 아플 때나 걱정은 마찬가지 아니겠습니까. 자식도 있어도 걱정 없어도 걱정 아니겠습니까. 자리도 올라갈수록 책임감이 따라오니 걱정. 세상에 걱정 아닌 게 어디 있으며 근심 없는 사람이 어디 있겠습니까만, 좀 내려 놓을 줄도 알아야겠지요.

자! 이제 돌로 만든 여자나 나무로 만든 남자 같은 허깨비 탈은 벗어버리고 누구나 공부하면 일정한 경지에 도달한다는 것 아니겠습니까.

본래의 마음에 대하여 할말이 한 마디가 남았는데, 돌로 만든 토끼가 황소를 낳고 그 황소가 새끼를 낳으면, 그때 알려드리겠습니다.

마음의꽃

경허 성우 스승
마지막 시

내 마음의 둥근 달이

그 빛을 삼켜 버렸다

이제는 비추는 것도

비춤을 받는 것도 없다

그런데 뭔가가 나에게 남아 있다

일정한 모양도 없고

손에 잡히지도 않고

볼 수도 없는 이것을

무엇이라고 불러야 할까

경우 큰스승이 돌아가실 때 남기신 임종게라고 하는 깨달음을 결집해 놓은 유언장 같은 것입니다.

죽음의 세계, 그곳은 과연 어떨까요? 태어난 사람은 반드시 가야 하는 그곳은 어디일까요. 그곳으로 가도 죽지 않고 남아 있다는 이것의 정체는 무엇일까요?

바로 우리의 마음을 말하는 것입니다. 부처님은 이것 하나를 가르치기 위해 팔만대장경의 긴 설명을 하셨습니다. 한 세상 멋지게 살려면 무엇보다도 마음을 잘 써야 합니다.

옛날이야기를 해 보겠습니다. 나쁜 일 많이 하여 쌓아놓은 사람들 또 자살한 사람들도 죽으면 영혼이 좋은 곳을 찾게 되는데, 휘황찬란한 궁궐 같은 곳이 나타난답니다. 아! 내가 죽었으니까 저기에서 머물러야겠다 하고 들어간 곳이 까치들의 교접하는 까치집이니 어떻게 되겠습니까. 꼼짝없이 까치 새끼로 태어날 수밖에 더 있겠습니까?

우리 모두는 맑은 영혼의 소유자들입니다. 조금만 마음을 바꾸면 베풀어주고 나누어주고 싶어 합니다. 내가 조금 손해 보는 듯해도 다음이 있지 않은가 하고 한 발 물러서 양보할 줄도 압니다. 이렇게 살면 착한 마음이 쌓여 그것은 나의 좋은 근기가 되는 것입니다. 근기가 맑으면 영혼이 맑아져 자유자재로 다음 세상에서 태어나고 싶은 나라에 태어날 수가 있다는 것입니다. 미국에 태어나고 일본에 태어나고 중국에 태어나고 다시 우리나라에 태어나고 싶으면 우리나라에 태어나고 어느 집에 태어날 것이냐 그것도 골라서 태어난다는 것입니다. 얼마나 좋습니까. 여러분 다음 생을 위해서라도 좋은 일 많이 하세요.

옛날 얘기를 하나 더 하겠습니다. 조선 22대 정조 임금님은 왕자가 늦게 태어났습니다. 그때 우리나라에는 나이가 많고 도가 가장 깊은 선승이 두 분 계셨습니다. 편의상 갑 스님과 을 스님이라고 부르겠습니다. 갑 스님이 을 스님에게 편지를 보내셨습니다.

"아무리 살펴보아도 다음 임금님 자리는 자네와 나뿐이네! 자네가 왕자로 태어나시게."

을 스님이 답장을 보내셨습니다.

"나는 다음 생애도 지금과 같이 도나 닦겠네. 몇 년간을 왕관을 쓰고 용상에 갑갑해서 못 앉아 있네. 자네가 왕자로 태어나시게."

할 수 없이 갑 스님이 왕자로 태어나기로 했습니다. 갑 스님이 돌아가시던 날 정조 임금님의 왕비는 갑 스님이 왕비의 침소로 들어오는 꿈을 꾸었습니다.

"아니 큰스님 여기는 스님이 들어오시는 곳이 아닙니다."

꿈에서 깨어난 왕비는 태기가 있었습니다. 이렇게 하여 태어난 분이 다음 순조 임금이라는 것입니다. 그러면 이 사실을 어떻게 알았을까요? 두 분 고승이 주고받은 편지가 아직까지 남아 있다는 것입니다.

조선 말경 진묵대사라는 큰 스님이 계셨습니다. 이 분이 돌아가실 때 제자들에게 유언하시기를 "나는 죽어서 미국이라는 나라로 간다. 나는 훗날 우리나라가 전쟁에 빠졌을 때 10만 대군을 이끌고 제물포로 들어와 우리나라를 구할 것이다."라고 유언을 하시고 돌아가셨답니다. 육이오 전쟁 때 인천 상륙 작전으로 들어오신 분은 맥아더 장군이십니다.

윤회의 비밀 세계를 누가 알 수 있단 말입니까? 이것을 아는 방법이 딱 하나 있습니다. 착하게 살면 됩니다. 착한 일을 많이 하면 다음생의 걱정을 안 해도 될 것입니다.

경허 스승의 최후의 유언은 밝은 달이 자기 스스로 빛을 삼켜버렸다는 것은 달이 사라졌다는 말입니다. 인간의 일생을 말한다면 죽음을 뜻하는 것입니다. 캄캄한 밤중일 텐데 무언가가 하나 남아 있다는 이게 무엇일까요?

바로 우리의 마음이지요. 경허 스승님만 가지고 있는 것이 아니고 모두 가지고 있는 우리의 마음 말입니다.

퇴옹 성철 스승
행복

인생살이의 목표는 행복입니다. 그러나 세상을 사는 것을 불교는 삼계가 화택이요 고해더라, 즉 세상천지가 불타는 집 같고 고통의 바다를 건너는 것 같은 고생이더라 이런 말입니다.

우리가 세상 살면서 추구하는 것은 행복입니다. 행복의 종류는 두 가지가 있는데, 하나는 일시적인 행복이요, 또 하나는 영원한 행복입니다. 영원한 행복은 편안하게 오래 사는 것입니다. 그러나 세상은 모든 것이 상대성이고 모순이 모순을 낳는 것이므로 행복도 일시적인 행복뿐입니다. 사람의 처지에 따라 거지는 당장 밥 한 끼 먹는 것이 행복이지만, 록펠러 같은 사람은 많은 부와 99세의 나이까지 살았습니다. 그런데도 1년을 더 살고 싶어 200만 불을 들여 광고를 냈습니다. 1년만 더 살게 해 주면 재산의 절반을 주겠다고 말입니다. 그러나 99세에 죽었습니다.

죽기 싫은 건 모든 생명체의 본능입니다. 작은 벌레도 잡으면 안 죽으려고 발버둥을 치지 않습니까. 진나라 시황제도 중국을 통일하고 서울이 400리인데 700리짜리 아방궁을 짓고 제일 좋은 음식, 제일 잘난 여자, 제일 좋은 보물을 다 끌어 모았으나 늙는 것은 막을 수가 없어 죽은 후에 묻힐 아방궁을 장안 여산에다가 또 지어 놓고 결국은 죽었습니다.

현실에서 영원한 행복을 찾을 수 없으나 기독교의 영원한 행복은 전지전능하신 절대신인 하느님이 계시는 천당에 가면 시간과 공간을 초월한 영원한 행복을 누린다는 것이며, 불교는 영원한 행복을 극락에서 찾았습니다. 불교는 2500년 전에 나왔고 기독교는 2000년 전에 나왔습니다. 처음에 종교가 나왔을 때는 세상 모든 사람들이 절대적으로 믿었으나 세월이 지나면서 천당과 극락은 없는 것이 아닌가 하고 차츰 의심하기 시작했습니다. 예수나 부처의 말씀을 거짓말이라고 생각하는 사람들이 많아졌습니다. 그리고 우주 과학시대가 되면서 신화적인 신인 천당이나 극락은 부정되고 과학적으로 입증될 수 있는 새로운 신을 발견하던지 창조되어야 한다는 종교 연구가들이 등장하고 있습니다. 타임지에도 "과학시대에 신은 죽었 다"고 게재되기도 했습니다. 니체는 "신은 죽었다. 인간들이 나쁜 짓을 많이 하여 신을 죽였다."고 말했습니다.

우리나라의 강원용 목사님도 "과학 앞에 신은 없다"라는 논문을 발표한 적이 있습니다. 강원용 목사님은 없는 천당을 쳐다보고 앉아 있지 말고 살아있는 하느님으로 "예수님이 평생을 남을 위

마음의꽃

해서 살았으므로 이 정신"에서 하나님을 찾자고 주장하셨습니다. 또 다른 분은 죽은 하나님이나 예수에게 매달릴 것이 아니라 살아있는 신으로서 인간마다 가지고 있는 '성령'에서 찾자 그러면 그것이 곧 천당이라고 주장합니다.

불교의 극락설도 그렇습니다. 무량수경에 극락을 부처님께서 말씀하셨습니다. 누구던지 염불만 하면 극락에 간다고 말씀하셨습니다. 그런데 어떤 자격을 갖추어야 극락에 갈 수 있는가 하면 마음이 깨끗한 사람만이 갈 수가 있다고 했습니다.

처처불상. 세상천지에 부처는 가득 차 있습니다. 부처가 있는 곳이면 어디든지 극락입니다. 바로 "이 세상이 그대로 극락인 것"인데 마음이 깨끗하고 착한 사람만 느낄 수 있다는 것입니다.

한경직 목사님은 다음과 같이 유언을 남기셨습니다.

"사람이 일생을 사는 것은 한걸음 한걸음 걸음을 걷는 것과 같다. 걸음마다 사랑의 꽃씨를 뿌려라 그러면 사랑의 꽃이 수없이 필 것이고 사랑의 열매를 맺을 것이다. 그러면 후세들이 그 열매를 풍족하게 따먹을 수가 있지 않겠는가."라고 말씀하셨습니다. '사랑의 꽃씨'. 이것이 바로 살아있는 하느님 아니겠습니까?

나는 한경직 목사님의 육성 녹음 유언을 들으며 쏟아지는 눈물을 참지 못했습니다. 예수교의 '사랑'이나 불교의 '마음'이나 같은 말입니다. 내가 이 책의 제목을 '마음의 꽃'이라고 한 것은 바로 '사랑의 꽃'과 같은 뜻입니다.

이것이 2500년 전에 돌아가신 부처님이나 2000여 년 전에 돌아가신 예수님을 살아있는 부처님과 살아 있는 예수님으로 부활하시게 하는 방법이라고 생각합니다.

여러분 서로 사랑하며 착하게 사십시오. 그러시면 살아서 천당이요 살아서 극락입니다. 이것이 바로 영원한 행복 속에 평생을 사는 것입니다.

사람이면 누구나 좋아하는 재물에 대하여 한경직 목사님과 법정스님 두 분의 무소유 정신을 말하고 본론으로 들어가겠습니다.

한경직 목사님은 유언에서 "나는 한 평의 땅도 없고 집 한 칸도 없어 자식들에게 물려줄 재산은 없다"고 했다. 재산을 모은다는 게 부끄러운 생각이 들어 모으지 않았다 이와 같은 무소유의 삶을 사셨다. 법정스님은 그의 『무소유』라는 책에 이렇게 적었습니다.

송광사 불일 암에서 혼자 생활할 때 귀한 난초 화분 하나가 선물로 들어와서 애지중지 키우고 있었다. 한번은 서울 조계사에 볼일이 있어 서울에 왔는데, 3일 후에 내려가기로 예정한 것이 5일이 지나도 못 내려갔다. 법정스님은 난초 화분 때문에 걱정에 빠졌다. 물이 떨어져 말라 죽지는 않았을까? 산토끼가 와서 쓰러트리지는 않았을까? 등 걱정을 하다가 7일 만에 불일암으로 돌아오셨더니 난초 화분은 무사히 잘 있더란다. 그리고 며칠 후 지인이 와서 난초화분을 달라고 요청하여 아깝지만 선뜻 내주었단다. 그 다음부터는 어딜 가도 난초 화분 때문에 걱정은 하지 않아도 되었단다.

산을 그냥 바라만 볼 때는 그렇게 넉넉하던 것을 내 소유로 하면 그날부터 산 때문에 많은 근심 걱정에 빠지게 된다고 무소유에서 말씀하셨다.

한경직 목사님이나 법정 스님의 빈손의 정신은 일맥상통하고 있습니다. 우리도 현실세계에서 너무 돈과 재물을 탐내다 보면 자칫 정도를 벗어나기 쉽습니다. 그러므로 너무 돈과 재물을 탐내지 말고 알맞게 소유하고 살면 좋을 것으로 생각합니다.

제4부

마음의 꽃
(권 선 시선)

영혼
상원사
첫눈
마음의 꽃
경칩

영혼

불국사 올라가는 옛 신라의

내음 나는 숲속

아미타 부처님을 뵈러 간다

천마총에서 한 줌 흙을 보고 오는 길

누군가 뒤에서 묻는다

나무로 만든 호랑이가 피리를 불고

돌로 만든 강아지가 춤을 추는

무슨 기특한 일이라도 있느냐? 하고

나는 답하리

이것은 영원히 있어 왔고

저것은 영원히 있을 거라고!

이것은 내가 1984년에 가장 처음 쓴 시입니다.

경주 불국사를 63빌딩 짓던 시절 여름 휴가 때마다 가족들 하고 자주 찾았는데, 지금처럼 호텔들이 들어서기 전 올라가는 숲속 길에서 쓴 시입니다.

마음의꽃

불국사 경내에 석가탑 쪽 옆에 극락전이 있고 안에 앉아계신 부처님은 아미타 부처님이십니다.

불국사에는 대웅전도 있고 비로전도 있고 관음전도 있고 다른 전각이 많은데, 극락전에 아미타 부처님이 가장 가슴에 와 닿았습니다.

아미타 부처님은 서방 극락 정토를 관장하고 계신다고 석가 부처님이 직접 하신 말씀입니다. 중생들에게 좋은 일 많이 하여 극락에 가라고 길을 가르쳐 주신 것이지요. 통일신라 고려 500년, 조선 500년, 1200년 세월을 훌쩍 넘긴 불상이라서 더욱 정이 가는지도 모르겠습니다.

1200년 동안 내가 세세생생 환생하면서 저 불상을 몇 번을 보았을까? 하는 생각을 하면 갑자기 심장이 뛰고 있음을 느낍니다.

천마총에도 자주 갔었는데, 천마총은 신라 임금님의 무덤입니다. 몸은 다 삭아 검은색 흙이 되어 흙에서 왔다 흙으로 돌아 간 것입니다. 머리에 쓴 금관과 허리에 찼던 띠는 약간 변색이 되었지만, 그대로 남아 있습니다.

나라고 하는 이것. 지, 수, 화, 풍과 오온이 일시 모여 길어야 100년 가는 이 몸뚱이. 인생살이를 과연 어떻게 살아야 옳을까요? 우리 형제자매들은 이 짧은 인생을 살면서 돌로 만든 강아지나 나무로 만든 호랑이처럼 거짓으로 살지 말고, 쓸데없는 헛짓도 하지 말고, 남을 사랑하고 나누어 먹고 남의 짐을 서로 나누어 들어주고 마음과 물질을 베풀면서 자중 자애하며 착하게 살면 인과 응보의 법칙에 따라 착한 '업'을 심었으므로 반드시 좋은 '보'를 받을 것입니다.

내가 이 세상에 태어 나오기 전에도 있었고, 내가 죽어도 영원히 있는, 없어졌다 생겼다 하는 것이 아니면서 영원히 있는, 형체도 없고 모양도 없고 이름도 없고 손으로 잡을 수도 없지만, 나를 살아서 움직이게 하는 이것이 무엇일까요? 바로 우리의 마음입니다.

상원사

상원사 오르는 길
길 따라 맑은 시냇물
흘러내리는 길
상원사에서 문수동자상을 본다
중대에서 약숫물 마시고
적멸보궁에 오르니 빈 방이고
부처님은 보이지 않네
혹시 북대에 올라가셨을까
얼음 얼고 그 위에 눈 내려
미끄러지고 넘어지기를 반복하며
옆 나무에 핀 설화를 보며 북대에 올랐지만
부처님은 안 계시네
북대로 올라오는 지친 등산객들에게
커피를 한 잔씩 타서 나누어 주었다
나도 한 잔 마시려고 잔을 드니
찻잔 속에 부처님이 앉아 계셨다

그러고는 말씀하신다
나도 세상 사람들 행복을 염원하느라고
몹시 목이 마르고 애간장이 다 타니
따뜻한 차 한 잔 주시게!

강원도 평창 오대산에 있는 상원사에 대하여 옛날이야기나 해 보겠습니다.

조선 7대 임금 세조는 조카 단종을 몰아내고 왕이 되었고 단종은 영월에 귀양 갔다 죽임을 당했습니다. 단종의 시신이 동강 물에 떠있는 것을 엄홍도라는 사람이 관아 몰래 산소를 쓰고 후손들에게 구전으로 일러 주다가 19대 숙종 때에 이르러 복위되어 지금의 자리에 왕릉을 쓸 수가 있게 된 것입니다.

세조가 하루는 낮잠을 자는데 단종의 생모인 왕비 권 씨가 꿈에 나타나 "조카를 내쫓은 것으로도 모자라 죽이기까지 한 이 무심한 양반아." 하고 얼굴에 침을 뱉었습니다. 꿈에서 깨어난 세조는 얼굴에 종기가 나타나기 시작했고 나중에는 온몸 전체에 종기가 생겨 짓무르고 고름까지 나왔습니다.

전국의 명소에 물을 맞으러 다니던 세조가 상원사에 왔습니다. 계곡물에 몸을 담그고 앉아 비몽사몽 간인데, 웬 동자가 옆에 서 있었습니다. 세조가 그를 불러 "애야 팔이 등에 닿지 않으니 등을 좀 밀어라." 동자가 "예." 하고 대답하고 등을 밀기 시작했습니다. 껍질이 홀렁홀렁 벗겨지고 어찌나 시원하던지 목욕이 끝나고 세조

마음의꽃

가 말했습니다. "누구에게도 임금님의 등을 밀어주었다는 말을 하면 안 된다." 임금의 몸은 아무나 만질 수 없게 국법으로 금지되어 있음을 말한 것입니다. 그랬더니 동자가 "예. 임금님께서도 문수를 만났다는 소리를 하지 마시기 바랍니다." 하고 사라졌습니다.

깜짝 놀라 꿈에서 깨어난 세조는 화공을 불러 방금 만난 문수 동자의 모양을 그리게 했습니다. 지금 상원사에 있는 문수 동자상은 그렇게 해서 만들어졌고, 최근 문수 동자상 복중에서 세조의 병을 낳게 해 달라는 공주들의 서신이 발견되어 언론에 공개한 적이 있습니다.

문수보살은 만난 사람이 많습니다. 일연 스님이 쓰신 삼국유사에 보면 자장율사가 어느 사찰에 머물고 있는데, 하루는 웬 거지가 바가지를 들고 동냥을 얻으로 나타났습니다. 시자가 나가서 동냥을 주려고 하자 그 거지는 "자장 있는가?" 하고 물었습니다. 시자가 "이런 미친놈 어디서 큰스님 이름을 함부로 불러." 하면서 내쫓아버렸습니다.

이 말을 들은 거지는 "아상이 남아 있는 사람은 나를 만날 수 없지." 하며 바가지가 큰 연꽃이 되어 그것을 타고 하늘로 날아가 버렸습니다. 자장율사가 쫓아나왔을 때는 이미 사라지고 난 후였습니다. 중국에서도 무착 문희 스님이 문수보살을 친견한 것으로 기록에 나옵니다.

이 글을 쓰는 필자도 한 번 만났습니다. 상원사를 지나 중대를 거처 적멸보궁까지 올라갔다가 상원사로 되내려오면서 입구에 세조 임금님이 옷을 벗어서 걸었다는 곳에서 "문수도 없고 아무것도 없군." 하면서 방정맞은 소리를 했습니다.

그 순간 뒤에서 누가 칼로 내려친 것처럼 어깨에 통증을 느꼈습니다. 그 상태로 집에 돌아와 내일 출근할 걱정이 앞섰습니다. 어깨가 무너져내리는 것처럼 아팠습니다. 자다가 꿈에 문수보살이 나타나셨습니다.

"왜 내가 없다 고하느냐?" 하시는데, 자세히 보니 산 한 덩어리가 그대로 문수보살이었습니다.

그 꿈을 꾸고 놀라서 잠에서 깨었습니다. 아침에 일어나보니 어깨 통증은 말끔히 없어졌었습니다. 그 다음부터는 어느 절에 가도 그런 소리가 나오지 않았습니다.

중국에도 오대산이 있고 문수보살의 성지로 유명한 곳입니다. 신라 때 자장율사가 오대산에서 기도를 드렸더니 문수보살이 나타나시어 "너희 나라도 오대산이 있고 문수보살이 상주하니 이것을 가지고 돌아가라." 하는 계시를 받고 깨어보니 부처님 사리 4과가 있었다고 합니다. 귀국한 자장은 양산 통도사에 적멸보궁을 지어 1과를 모시고 오대산 상원사 적멸보궁에 1과를 모셨다고 합니다.

지금 상원사 위에 있는 적멸보궁이 바로 그곳입니다. 부처님 진신사리를 모시는 전각에는 원래 불상을 모시지 않고 있습니다. 통도사도 그렇고 상원사 적멸보궁에도 불상은 없습니다. 전각 뒤에 돌아가면 왕릉 같은 봉분이 있고 돌로 표시석이 있습니다. 많은 분들의 참배를 바라며 기도 내용은 "착한 사람이 되겠습니다." 하고 내려와서 행동으로 보여주면 부처님의 응답이 반드시 있을 것입니다.

첫눈

을미년 11월 26일 첫눈이 내린다
해마다 어김없이 보는 서설이지만.
눈은 반가워!
눈이 나에게 뭐라고 속삭이는데
뭐라고?
응. 그래 그래. 잘 있었어!
자네도 잘지냈는가?
항상 우리 보고 웃으며 인사했지만.
사람들이 몰라주더라고? 미안하네.
먹고 사느라고 바쁜 마음에 여백이 없어서
그렇게 되었네!
세상도 자네처럼 조용하면서도 차분히 내려
나뭇가지마다 눈꽃이 피게 하면 얼마나 좋겠는가
내 마음도 저 소나무 위에 핀 설화처럼
한 송이 꽃이 되어 걸리적거리는 것 없는
구만리 하늘을 마음껏 날고 싶어라!

이 시는 금년에 첫눈을 보고 쓴 시입니다. 누구나 할 것 없이 첫눈을 보던지, 겨울에 동백꽃을 보던지, 초봄에 핀 매화를 보던지, 봄에 만개한 벚꽃을 보던지, 목단꽃의 큰 꽃봉오리를 보고 있던지, 화려한 장미꽃 길을 걷는다던지, 한여름 길가에 피어 분홍빛 미소를 띠고 있는 백일홍 꽃을 보던지, 가을에 코스모스와 들국화 핀 길 따라 벼 익는 황금 벌판을 보고 있노라면 배가 저절로 불러진다. 배가 부르니 바위 길 따라 붉게 물든 단풍을 보러 갈까? 가을은 이미 깊어가누나.

상원사 적멸보궁에서 북대까지 오르는 겨울의 산길은 나무 가지마다 눈꽃이 피어 있습니다. 이런 것을 보고 있으면 마음속에서 감탄사는 절로 나오고 시를 쓰고 싶은 마음은 우리 모두 에게 일어납니다. 이것은 아름다움으로 가득한 마음입니다.

관악산에 핀 진달래는 온 산을 물들이고 진달래 꽃 따라 산은 붉게 물듭니다. 산에는 꽃이 피고 꽃 따라 산이 붉게 물든 것입니다. 공원에 작은 제비꽃 하나가 핀 것을 보고 온천지가 봄이라 만물이 춤을 추는 것을 알 수가 있습니다.

서울에서 한 발자국만 벗어나면 가을에 벼가 익어 누런 황금 들판을 봅니다. 땅에 의해 쌀이 여물고 쌀이 자라므로 땅이 있는 것입니다. 이것은 너와 내가 따로 없는 불이의 마음, 화합의 마음입니다.

아름다운 마음, 화합의 마음. 이 두 가지는 우리 모두 가지고 있습니다. 그런데 왜들 그렇게 시끄럽게 싸울까요? 정치권은 나라와 국민들을 위하는 일을 할수록 조용히 차분히 해야지요. 세상의 모든 문제가 있으면, 답은 이미 그 속에 포함되어 있는 것입니다.

특히 언론과 방송은 정치권에 시비가 있으면 풀어 줘야지 그렇지 않고 시비에다 시비를 하나 더 만들면, 머리가 하나면 되지 머리가 두 개면 괴물이 되는 것 아니겠습니까? 신문은 구독을 끊으면 되고 방송은 채널을 돌리는 권리가 국민들에게 있음을 상기하고 제발 좀 조용조용히 세상을 개조하고 발전시키게 도움을 주기 바랍니다.

누구나 세 치의 혓바닥으로 세상을 헤쳐나간다고 하나, 내 주위에 겹겹이 백 리에 걸쳐 가시나무 덩굴이 에워싸고 있는 건 무엇으로 헤쳐 나가야 되겠습니까?

꽃이 피듯 활짝 웃으며 사람들에게 인사를 합니다. 그런데 사람들은 무심히 지나칩니다. 그러지 말고 앞으로는 꽃의 인사를 받도록 하시지요. 엄동설한의 추위를 견뎌 싹이 나오고 꽃을 피우는 인내를 넘어 생존의 법칙으로 살아나온 가냘픈 꽃을 칭찬해주어야 하지 않겠습니까? 그래야 내년 봄에 분주한 벌 나비를 또 볼 것 아니겠습니까?

그렇게 많이 일어난 유별난 짓들의 탈을 벗어 던지는 날, 구만

리 하늘을 걸리적거리는 것 없이 마음껏 날아볼 날이 살다 보면
반드시 한 번은 오게 되어 있습니다.

마음의 꽃

따뜻한 봄과 선선한 가을
산에 핀 진달래와 들에 핀 코스모스
맑은 바람과 밝은 달
이것들이 어찌 남의 일인가
그렇다고 마음 놓고 가져다가
쓰는 사람이 과연 몇이나 될까?

맑은 바람 타고 오는 꽃 내음. 우리의 마음은 항상 이렇게 깨끗한 향기를 원하는데, 현실은 오염의 향기가 많이 날아오나? 그래도 아직은 견딜 만하지요. 산에서 보면 온통 숲속이고 아파트 마을은 작아 보이지요.

재잘재잘 속삭이며 서로 먼저 가려고 다투지 않고 사이좋게 흐르는 산골 물. 우리의 교통 문화도 서로 서로 양보하고 이랬으면 사고도 줄이고 싸움도 하지 않아 좋겠습니다.

복숭아꽃 수천 그루 피어 봄바람에 떨어지는 아름다운 장관. 떨어지는 꽃잎 따라 눈만 슬퍼할 것이 아니라 내 마음의 찌꺼기도 말끔히 씻어내면 산뜻한 마음이 되겠지요.

온천지에 눈이 내려 나무마다 눈꽃 핀 하얀 마을. 내리는 눈송이마다 사랑이라던지 자비라던지 양보라던지 봉사라던지 이런 것이라면 천성이 착한 사람끼리 그렇게 아귀다툼을 벌리지 않아도 되고 세상의 평화는 이루어질 텐데요.

물 흐르는 앞 냇가에 수양버들 휘늘어지고 송아지 우는 소리

들리던 고향산천. 잠들기 전에 떠오르는 어린 날의 추억 어찌 잊을 수가 있단 말인가요. 여기에 이르면 마음이 순일해지고 내일을 향한 새로운 각오를 다짐하게 됩니다.

캄캄한 밤중에 밝고 원만하게 더 비추고 덜 비추는 곳 없이 고루내리는 달빛. 크다고 더 비추고 작다고 덜 비추는 일 없이 세상에서 이것보다 평등하게 나누어 주는 것을 본 적이 있습니까?

푸른 산에 홀로 비비람과 엄동설한의 추위를 견디며 100년 세월을 서 있는 백년송. 우리가 배워야 하는 인내심의 한계점을 비교하면 내가 저 푸른 소나무보다 더 강하고 유연하지요.

동리 앞을 흐르는 냇물 쪽빛 들인 것 같고 문 앞에 푸른 산을 그림으로 어떻게 똑같이 그릴 수 있을려고. 예술가는 그림으로 소리로 마음의 표현으로 한 발자욱이라도 더 영혼에 다가가려고 애간장을 태우는 것입니다.

하늘을 쳐다보면 언제나 형형각각의 흰 구름이 두둥실 떠 있고 구만 리 긴 하늘을 나는 기러기떼. 현실에서 각박한 우리에게 질서를 가르쳐 주고 마음을 다소 풀어 주어 여유를 갖도록 도와줍니다.

떠오르는 붉은 태양. 이 광경에서는 사람뿐만 아니라 산천초목이 기다리는 희망을 넘어서서 경건해지기까지 합니다.

이 천하의 대자연들이 지금 나를 보고 행복하라고 말하고 있는데 듣습니까? 주인님 안녕하십니까? 하고 늘상 인사를 보내 오고 있는데 아십니까?

주 예수그리스도나 부처님이나 알라신이나 공자님이나 나의 조상님들 돌아가신 할부지, 할매, 아부지, 엄마 모든 분들이 나의 행복을 위하여 이 시간에도 간절히 염원하고 계시는 것을 생각하기 바랍니다.

세상 만물은 내 마음에 담으면 내 것 아닌 게 없고 세상만사 내가 주인인 것입니다. 세상에서 일어나는 모든 현상은 내 마음의 조화입니다.

나는 지금 현재 이 시간에도 행복을 느끼면서 내일의 밝은 희망을 보며 살아가고 있습니다. 비록 지금 고통을 당해도 그건 시절 인연이 다가와 일시적으로 겪는 불운이므로, 어느 틈엔가 슬며시 소리 없이 사라져 버릴 것입니다.

올 때는 그렇게 요란하더니 갈 때는 말없이 떠난 것입니다. 이렇게 생각하고 모든 근심과 걱정을 한꺼번에 내던져버립시다. 그렇게만 된다면 강기슭에 가득한 가을을 볼 것입니다.

경칩

마당의 나무는 이제 싹을 틔우나
베란다의 꽃은 이미 피고 있네
새들의 노래 서너 곡조
거실에서 칼라로 머리 염색 하는
손자 모습 귀여워
아직은 쌀쌀한 바람이 불어오나
봄은 어김없이 오셨고
오동도의 산다화는 피고 있다는 소식
나의 마음은 이미 고향 산천의
따스한 햇빛 드는 아부지 엄마 산소에
가서 있구나

　점심을 막 먹고 커피를 한 잔 하고 있는데, 어디선가 새 소리가
요란하게 들렸습니다. 어떤 이는 새 소리를 들으면서도 우는 소리
라고 들리는 사람이 있는가 하면 노래 소리로 들리는 사람들도
있습니다. 또 어떤 사람은 아무 소리도 귀에 안 들어오는 사람도

있습니다. 우비고뇌가 나를 애워싸고 있기 때문에 아무 소리도 안 들어오는 것입니다.

이 중에 어느 것이 나에게 가장 어울릴까요? 무슨 선택 과목 고르듯 할 수 없는 것이 인생살이 아니겠습니까? 그럼 새 소리가 노래 소리로 들린다는 사람은 하루 종일 행복하고, 새 소리가 우는 소리로 들린다고 사람은 하루 종일 슬프기만 할까요? 그것은 그렇게 될 수가 없습니다. 나와 상대하는 대상이 너무 많기 때문에 일부러 그렇게 되려고 해도 안 됩니다.

예를 들면 큰딸은 자식을 남편한테 주고 이혼하여 슬퍼하는 사람과 아들 딸들이 좋은 곳에 취업하여 좋아하는 작은 딸하고 함께 만났다고 합시다. 나는 슬픔과 기쁨 중에 어느 쪽에 서야 하나요?

세상만사가 모두 이와 같습니다. 슬픔 중에 기쁨이요, 기쁨 중에 슬픔입니다. 나이를 든 노인과 젊은 청년과 누가 더 좋을까요? 성성한 것과 시든 것 중에 어떤 것이 더 좋을까요? 젊은 청춘은 힘과 패기가 있지만, 노인은 경륜과 노련미가 있습니다.

새 가지에 싹이 나면 성성해서 좋습니다. 잎이 다 떨어진 나뭇가지에 겨울 눈이 오면 눈꽃은 피고 그 순수성은 설향을 내어 뿜습니다.

노래가 좋으냐 울음 소리가 좋으냐? 성성한 게 좋으냐 시든 게 좋으냐? 이것처럼 어리석은 질문은 없습니다. 왜냐하면 시인에게는 또는 TV 연속극 쓰는 작가에게는 둘 다 소재가 되기 때문입니

다. 그러면 시인 또는 작가가 아닌 분들은 마찬가지로 이게 옳으
냐 저게 옳으냐처럼 어리석은 질문은 없습니다.

봄이면 꽃 피지 않는 곳이 있던가요? 가을이면 단풍 들지 않는
산이 있던가요?

인생살이는 오로지 한 번 가는 길이지 두 번 갈 수 없는 길입니
다. 나이 70이 되어 뒤돌아보면 고생도 많았지만 영광도 많았습
니다. 기쁨과 슬픔, 젊음과 늙음, 싱싱함과 시듦, 고생과 영광, 이
러한 세상의 차별들을 둘 중에 어느 하나만 받아들이지 말고 둘

마음의꽃

다 받아들여야 옳은 방향이 됩니다. 세상만사를 이렇게만 받아들이면 우울증에 시달릴 것도 없고, 관악산에 가득 핀 진달래 따라 뚜렷한 봄을 볼 것이고, 가을이면 한강 가 기슭에 뚜렷한 가을을 느낄 것입니다.

꽃을 늘상 보면서 내 마음속에는 항상 마음의 꽃을 피우면 좋겠지요. 착하고 참되고 이웃을 돕고 나누어 가면서 살면 살아서 극락일 겁니다. 살아서 극락이면 죽어서는 자동으로 극락행이지요. 이 세상을 버리면 제불 보살들이 착한 사람을 모시러 온답니다. 이 얼마나 좋습니까. 세상에 이것보다 더 좋은 게 있으면 나에게 좀 보여 주십시오. 착한 일 많이 하고 오래 사십시오.

제5부

암 극복기

조부 조모 사부곡

장인 장모님 사모곡

아내의 사모곡

사람은 몸과 마음 두 가지로 만들어져 있습니다. 한문으로 사람 인人 자는 두 획 아닙니까? 앞 획은 마음이고 뒤에 받치고 있는 획은 몸입니다.

몸은 마음이 시키는 대로 합니다. 가라면 가고 서라면 서고 일어나라면 일어나고 몸은 시키는 대로 합니다.

그런데 암이 생기는 것은 몸이 자기 멋대로 만든 것입니다. 이 몸을 달래 주어야 할까요, 아니면 쌀쌀하게 대해 주어야 할까요? 각자 판단하십시오. 암을 치유하는 데는 두 가지 모두 괜찮습니다.

나는 2010년 9월에 의료보험관리공단에서 무료로 해주는 대장암 검진을 받았습니다. 1차 검사에서 혈변이 보인다고 해서 치질이려니 생각하고 2차 내시경 검사를 했습니다. 그랬더니 직장에 큰 혹이 하나 있었습니다. 광명시 강 내과 강 원장은 암이라고 했습니다.

큰 병원으로 가라고 해서 내시경 사진하고 진단서를 받아가지고 삼성 서울 병원으로 갔습니다. 대장센터장 이신 김희철 교수님이 담당하셨습니다. 10월에 수술을 했습니다.

처음에는 복강경으로 계획하고 있었는데, 임파절로 전이되어 개복으로 수술을 했습니다. 임파절은 전자칼로 제거하고 직장은 7.5센티미터 잘라내고 2.5센티미터만 남겨 놓았습니다.

대장암 3기 상입니다. 2기에도 상·중·하가 있고 3기에도 상·중·

하가 있으나 통상은 2기, 3기 말기암으로만 구분합니다.

퇴원 후 항암주사와 방사선 치료를 1개월간 받았습니다. 몸은 마음이 시키는 대로 서서히 회복되어 갔습니다. 내 마음은 늘상 "내가 죽으면 너도 죽는다."고 몸에게 말하고 있었습니다.

3개월마다 CT 촬영, 가슴 엑스레이, 피검사 등 세 가지를 검사했습니다.

담당 주치의 종양내과 이지연 선생님이 시키는 대로만 했습니다. 홍삼이 암에 좋은 줄 알고 먹었더니 피검사에서 당장 나타났습니다. 간수치가 올라간 것입니다. 이지연 선생님은 홍삼은 우선 딱 끊고 치유 후에 먹고 운동을 권유했습니다. 의사의 말이라면 칼같이 따랐습니다.

저녁이면 초등학교 운동장에서 걷기 운동을 시작했습니다. 400 미터 운동장을 12바퀴씩 걸었습니다. 1년쯤 지나서 일을 할 수 있나 하고 이지연 선생님과 상의를 해 보았습니다. 좋다고 하셨습니다. 시험을 해 보려고 광명시청에서 공공근로를 시작했습니다. 광명 동굴이 근무처였습니다.

아침에 1시간 산길을 걸어 올라가고, 돌아올 때는 50분을 걸어서 내려왔습니다. 매일 등산이지요.

점심은 소식을 하기 위해 김밥 한 줄이나 인절미 10쪽으로 끝냈습니다. 공공근로를 2개월간 마치고 자신감이 생겼습니다. 한 동네인 광명 6동에 있는 헤모로 이연 아파트 상가 관리소장으로 취직을 했습니다. 월급은 160만원이었지만 국민연금을 65만 원씩 타니까, 나이 63세의 수입치고는 괜찮았습니다. 그렇게 잘 나가다가 2012년 7월 병원의 정기검사에서 간에 1.6 센티미터짜리 암이 발견되었습니다.

이번에는 간 센터에서 최성호 교수님에게 간암 수술을 받았습니다. 1차 대장암 수술 때는 얼떨결에 정신이 없었지만, 2차 때는 수술실에서 '마음에 꽃'을 피우는 여유가 있었습니다. 내 몸에서 암세포를 쫓아낸다는데, 마음속으로 어찌 기쁘지 않았겠습니까?

여러분들도 수술실에 들어가면 반드시 그렇게 생각하십시오. 겁낼 거 하나도 없습니다. 한잠 푹 자고 일어났더니 중환자실이었습니다. 마취에서 깨자마자 간호사하고 삼성병원의 친절도가 높은 것은 직원 교육을 잘 시켜서 그렇다고 얘기를 나누었습니다.

옆에 할머니는 마취에서 깨자마자 끙끙 앓았습니다. "아파요, 아파요. 우리 영감 좀 불러 주세요." 하셨습니다.

지금 가장 강력한 마약성 진통제를 맞고 있으면서 거짓말을 하고 계시는 것입니다. 전연 통증은 없습니다. 요사이는 아프지 않게 치료하고 있습니다.

잠시 후 최성호 교수님이 오셨습니다.

"아니 웃고 계시네요."

"암세포를 잘라냈으니 기쁘지 않습니까?"

최교수는 간의 절반 가령을 잘라냈다고 말했습니다.

당초 CT 상으로는 4분의 1정도만 잘라낼 것으로 생각했는데, 실제 열어보니까 등 쪽으로 지저분해서 깨끗하게 다 잘라냈다고 말씀하셨습니다.

입원실에서 일주일 있다가 퇴원했습니다. 잘진 간은 1회에 한하여 다시 그만큼 자라난답니다. 새 간을 가지게 되는 것이지요. 1차 수술일로부터 6년여, 2차 수슬일로부터 4년여 시간이 지나갔습니다.

여러분도 암의 진단을 받거든 다음 사항을 유의하시면 반드시 극복하시리라 믿습니다.

1. 암 진단 시 당황하지 마라

당황해 보았자 이미 암은 내 몸 안에서 발생한 것입니다. 침착하려고 애쓸 것도 없습니다. 평상시의 마음 그대로를 유지하면 됩니다.

어떻게 하든지 암이라는 사실을 잊어버리게 다른 생각을 해야 합니다. 추억도 좋고 장래의 설계도 좋습니다. 노년이라고 노년의 설계가 없겠습니까?

2. 마음은 내 것이니까 이것만 잘 다스리면 된다

나를 움직이는 것도 내 마음이요, 병을 낳게 해 주는 것도 내 마음입니다. 마음으로 병이 난 부위를 바라보며 따뜻하게 감싸면 보이지 않는 엄청난 치유력이 생기고, 싸늘하게 암을 뒤돌아보지 않으면 암세포가 심심하여 스스로 자살해 버립니다.

그러나 마음이 몸보다 먼저 죽으면 진짜 죽습니다. 100세 인생인데 내가 왜 죽어! 하고 마음을 다짐해야 합니다

3. 좋은 음식, 안 좋은 음식

미국 텍사스대학교 MD 앤더슨 암센터 김의신 박사는 30년 암치료를 한 의사인데, 담배보다 더 나쁜 것은 동물성 기름(삼겹살)과 피자, 핫도그, 기름에 튀긴 음식이라고 했습니다. 이 음식들은 서양인은 피부 아래에 쌓이는 피하지방이 되어 뚱뚱해지나, 동양인들은 내장에 달라붙는 내장지방이 된다고 합니다.

내장지방이 혈관 내부에 들러붙어 있다가 어느 순간 뚝 떨어집니다. 떨어진 내장지방은 피를 타고 돌다가 모세 혈관에 들러붙는데, 머리에 붙으면 중풍 또는 치매가 오고 간에 붙으면 지방간, 간암이 온다고 했습니다.

혈관이 깨끗해지는 식품은 양파, 호두, 단호박, 자주색 고구마, 사과, 배. 검정콩 등 일곱 가지가 있습니다.

4. 의사 말만 따르라

서양인 암환자와 달리 한국인 암환자가 골치를 아프게 하는 것은 인터넷과 TV에 떠도는 검증되지 않은 상식으로 무장되어 있기

때문입니다. 의사의 말에 따라야지 그렇지 않으면 몸에 좋다는 이것저것 먹다가는 부작용이 클 수가 있습니다.

5. 항암, 방사선 치료 시는 잘 먹어야 한다

이때는 오리고기. 잡곡밥. 현미밥 등 불포화 식품이 가장 좋습니다. 일단은 먹어야 견딜 수 있는데, 식욕이 떨어지고 밥은커녕 물도 안 넘어가지만 어떻게든 먹어야지 먹지 않기 때문에 굶어 죽는 경우가 있습니다.

요즘은 입원하여 치료를 받는 방법도 있다. 항암 치료 시 물을 많이 먹어 독한 약을 희석시켜야 합니다.

6. 암에 얽매이지 않기

서양인은 병을 신에게 맡기고 회사에 나갑니다. 반대로 한국인은 회사를 그만두고 집에서 암 걱정만 합니다. 그러지 말고 예수님에게 의지하던 부처님에게 의지하던, 종교가 없으면 조상님들에게라도 오래 살 수 있게 기도하는 자세로 의지하고 회사를 나갈 수 있으면 출근을 하여 회사 일에 몰두하다 보면 그만큼 내가 암 환자라는 것을 잊을 수 있습니다.

암에 매달리지 말라는 이야기입니다. 회사에 나가지 않으면 취미 활동을 하여 노래, 등산, 수영, 서예, 저술, 장기, 바둑, 독서, 시 쓰기, 여행, 관광, 컴퓨터, 영화 보기, 사진 촬영 등 자기에게 맞는 걸 골라 거기에 매달림으로써 내 스스로 암환자임을 잊고 살아야 합니다.

이미 암환자가 된 사람에게는 끙끙 앓지 말고 잊어버리는 것이 가장 중요한 것 같습니다.

7. 기적은 일어난다고 믿자

죽음을 맞이하기 위해 입원한 호스피스 병동 환자가 죽지 않고 계속 살아 있어 검사를 해 보았더니 암 덩어리가 없어진 게 아니고 활동을 중지하고 있었다고 합니다. 이 환자는 현재까지 18년간 살아 있습니다.

나이가 70세 정도 넘으면 정상세포도 활동이 둔화되듯이 암 세포도 증식의 속도가 둔화됩니다. 암이라고 그렇게 빨리 죽는 게 아니니까 걱정을 하지 말아야지 암이 나를 죽이는 게 아니고 걱정이 나를 죽입니다.

요즘 암은 몇 년 전처럼 죽는 암이 아니고 사는 암임을 감사해야 합니다.

8. 암에는 이런 음식

먹는 식품으로는 콩, 마늘, 양조 식초, 깨 등 네 가지가 특히 좋다고 권유하고 싶습니다.

9. 즐겁게 생활하기

지금 현재의 나의 상태는 독한 항암제 투여와 방사선 치료의 후유증으로 척추가 낡아 지팡이에 의존하여 걷고 있습니다. 오전 1시간, 오후 1시간 스트레칭으로 지팡이 없이 걷는 연습을 하고 있습니다. 암도 견디어냈는데 이걸 못해내려고? 신나는 노래를 들으며 열심히 흔들고 있습니다.

꿈을 이루는 날까지!

격려해 주신 분들께 마음 깊이 감사의 인사를 드립니다.

조부 조모 사부곡

나의 할아버지 권성만 씨는 안동 권씨 별장공파 상주종중 10대 종손이며 할머니 박귀녀 씨와 결혼하여 장남으로 아버지 권명수 씨를 낳으셨다, 할머니는 필자가 태어나기 전에 돌아가셔서 할머니와의 추억이 없습니다.

권명수 씨는 11대 종손이며 박순희 씨와 결혼하여 장남으로 나를 낳으셨고 종순, 철환, 종숙 등 2남 2녀를 두셨습니다.

나는 12대 종손이며 박월님 씨와 결혼하여 장남으로 권병건이를 낳았으며 운선, 경선, 효선 등 1남 3녀를 두었습니다.

권병건이는 13대 종손이며 이인숙과 결혼하여 장남 권태형이를 낳았으며 도연 등 1남 1녀를 두었습니다.

권태형이는 14대 종손이다. 할아버지 권성만 씨를 회고하며 남들에게 많은 자비를 베풀었던 할아버지께 추모의 글을 올립니다.

크지 않은 키에 잔잔한 미소를 잃지 않던 농골 할배 권성만 씨.

중학교 3학년 여름 방학 때 이웃집 육상어른 밭에서 옥수수를 따다가 씨동이네 집에서 삶아먹은 일이 있었습니다.

다음날 못 위 산에서 소 풀 뜯어 먹이고 오니까, 육상어른이 와서 항의를 하고 가신 터라 손자를 혼내야 되겠는데, 차마 등어리 한 대를 못 때리시고 손을 벌벌 떠시다가 도망가게 슬며시 놓아주시던 할배.

정말 보고 싶어 눈물이 한없이 흘러내립니다.

두메산골에서 동학의 무리에 가담할 것을 염려한 증조부의 극심한 반대에도 불구하고 한학을 깨우쳐서 마을 분들뿐만 아니라 서울서 잘살고 있는 우리 고향 친구들 이름을 음양오행에 맞추어 주역으로 지어 주셨으니, 주희경, 정상진, 장수용, 권점석, 손인수, 박관일, 박유용, 박윤용, 강신택, 권길상, 김영갑, 육병식, 김종녹, 권석철, 최신열, 주희석 씨 등이 그분들입니다.

침술을 가지고 계신 통에 한밤중에 할배가 술이 취해 주무시는데 구릿뜰, 구서 등 다른 동네에서까지 아주머니들이 어린아이가 배가 아프다고 업고 찾아오시면 아무 말 없이 침을 놓아주시고 풍년초 한 봉을 고맙게 받고 웃으시던 할배. 그 자비심에 고맙습니다.

청리면 삼괴2리 마을 대지레이 저수지 옆 산에 5대 조부, 고조할배와 나란히 누워 계신 할배 산소. 봄이면 앞밭에 복숭아꽃 수만 송이 피어 수평선을 이루다가 바람에 떨어지는 꽃잎 눈 오는 것 같고, 여름이면 저수지 푸른 물 쪽빛 들인 것 같으며 어미 소 송아지 부르는 소리 들리고, 가을이면 주위 산마다 붉고 누런 단풍과 옆 밭 감나무에 달린 대봉이 무르익으며 바람에 알밤이 빠져 여기저기 널려 있고, 겨울이면 옆 소나무에 함박 눈꽃이 가득 피니, 할배는 참 좋으시겠네!

77년에 돌아가시고 지금까지 늘상 그립고 보고 싶지만, 이 손자도 꿈같은 세월을 어언 70년을 살았으니 머지않아 가서 큰절을 올리지요.

손자 **종환 옥좌하**

마음의꽃

장인 장모님 사모곡

내 고향은 상주시 계산동 영빈관.

장인 밀양 박씨 인수 어른.

장모 안동 권씨 순월 여사.

젊으신 나이에 큰딸 달님이를 시집 보내고 휘영청 보름달 내리는 밤에 남몰래 눈물 흘리던 장모님 모습. 고맙습니다. 곱게 곱게 키워 주서서.

1968년 집사람과 결혼 전 상주국민학교에서 실시하는 군 신체검사를 받으러 같을 때, 어느 고깃집에서 연탄불에 소고기를 구워 주서서 어찌나 맛있게 먹었던지, 술이 취해 예비 처가집에서 하룻밤 자고 이튿날 서울로 올라왔지요. 그때는 집사람 하고 결혼을 결심하기 전인데, 과거생부터 무슨 인연이 있었나 봅니다.

그렇게 좋아하시던 마을 잔치 장인어른 회갑 때의 즐거운 추억의 회상은 잊을 수가 없겠지요. 낮에 잔치가 끝나고 저녁 무렵 친구분들과 장고를 잘 치시는 곰보할매가 빤짝빤짝하는 곳에 가자던 장모님 회갑. 상주에서 가장 큰 단란주점에서 신나게 노래하고 춤추던 장모님과 친구분들 아마 지금쯤이면 다들 저세상에서 만나셨겠지요.

언젠가 여름 휴가 때 경주에 모시고 갔던 일. 천마총 앞 식당에서 물냉면을 시원하게 드시던 장인 장모님 그 모습이 그립습니다. 언제 한번 그 식당에 다시 가서 냉면을 먹어보고 싶습니다.

어느 해인가 한여름 복중에 야유회를 가자고 하셔서 서보 냇가에 가서 수박 한 통 띄워놓고 솥단지 걸고 토란잎 넣고 통미꾸라지를 추어탕으로 끓여 배가 터지도록 먹던 일. 서울에서 아무리 찾아도 그 맛을 찾을 수가 없습니다.

고향의 유명한 거찰 남장사와 용흥사 ,갑장사 등에도 자주 갔지요. 장인은 남장사 앞 계곡에서 홍 서방이랑 쉬시고, 나와 장모님은 경내를 두루두루 구경하며 팔 부러진 고려 철불이 가장 좋았습니다.

마음의 꽃

앞산 천봉산의 사계절을 바라보며 어제는 가을이라 구름따라 갔고 오늘은 봄이라 진달래 꽃따라 오는 세월 속에 사철 푸른 소나무밭에 부모님 모시고 형제들과 나란히 누워 멀리서 들리는 은은한 종소리 들으며 누워계신 두 분 산소. 장인 장모님 영혼이 언제까지나 편안하시를 빕니다.

이 사위도 칠십여 년을 살아 머리털이 반백에 가을빛입니다. 머지않은 장래에 찾아뵙고 언젠가처럼 술 한 잔 따라드리고 큰절을 올리지요.

한없이 보고 싶고 그립습니다.

2015년 가을
큰사위 **종환 옥좌하**

아내의 사모곡

천 년의 인연 달님과 나. 지금은 결혼 45주년.

운선 경선 병건 효선 1남 3녀.

문철 정민 막내공주는 곧 올 거고 사위 셋.

민형 세준 선재 태형 도연 손자 셋에 손녀 둘.

다복하다는 말은 아빠가 삼키고 사랑한다는 말은 엄마가 삼켜 버렸습니다.

1970년대의 조국 근대화 시절을 함께한 당신과 나.

60평짜리 2층집에 볼링장 다섯 곳을 운영하다 한국 경제를 초토화시킨 전대미문의 아이 엠 에프 금융위기로 패가망신하고 쫓겨 다니던 그때 그 시절. 꿈속에서 또 꿈을 꾸는 것 같던 나날들의 아픔을 당신 때문에 다시 한 번 안심을 찾았으니 고맙다는 말을 다시 한 번 드립니다.

생각지도 못한 암이라는 병마가 나를 괴롭혀도 암보다 강한 당신이 있어 거뜬히 이겨냈으니 80세까지는 살아야지요.

시집온 그날부터 우리 조상님들의 종손 며느리로서 제사를 잘 모셨으니 큰 복이 항상 함께할 것입니다.

둘째 딸 월선 사위 홍종성, 세째 딸 월순 사위 이성구, 장남 기호 며느리 김이연, 차남 준용을 낳아주신 장인 장모께도 영원한 명복을 빕시다.

2016년 69세 생일날 아침
사랑하는 여보야 아빠

맺는말

팔계절

즐겁구나

진달래 피는 초봄이구나

가엾어라

꽃이 지는 계절 늦봄일세

따가운 햇살 아래 장미 피는 초여름일세

이 무더위를 어디서 잡아올까 한바탕

한여름에 백일홍 피네

길에는 들국화 피고 산에는 단풍 드니

구만 리 하늘을 날으는 기러기 날씨의

차가움을 알려 오네

마음의꽃

초겨울의 밥 짓는 연기 고향 정경이고
늦겨울의 매화는 흰 눈 속에 누구를 위하여 피는가

이제 이 책의 선시들은 마지막 페이지입니다. 지금까지 읽어주신 독자들께 감사드리고, 언제나 부처님의 가피력이 늘상 함께하기를 기도하면서 이 글을 마무리할까 합니다.

우리는 보통 사계절이라고 합니다. 그걸 여덟 개로 나누어 보았습니다. 한가운데에다 하나씩 더 넣으면 열두 개가 되고 열두 달과 같아집니다.

내가 왜 이 소리를 하는가 하면, 하나를 가지고 쪼개고 또 쪼개면 한도 끝도 없이 시비가 일어납니다. 그러나 쪼개진 것은 결국 하나로 회귀합니다. 그러므로 초지일관하라는 것입니다.

처음과 마지막을 똑같이 하라는 것입니다. 항상 처음같이만 하면 항상 참신하고 새로워지며 개혁은 필요 없이 저절로 변화되어 나갈 것입니다.

항상 잃지도 않고 있고 처음과 끝이 똑같이 있는 것. 이것은 우리의 마음입니다.

우리의 마음은 돈이 많아도 더 많이 갖고 싶어 하면서도 한편으로는 불쌍한 이웃을 보면 도와주고 싶은 양면성의 마음을 가지고 있습니다.

여러분 탐욕의 마음은 버리고 자비의 마음만 남겨 놓으십시오. 그리하여 불우한 이웃을 보거든 나누어 먹고, 살고 베풀면서 무거운 짐을 진 분을 보거든 나누어 지고 이렇게 살면 두 번 갈 수 없고 한 번 가는 인생 길이지만, 다음 세상 걱정은 안 하셔도 되겠지요?

착하고 좋은 일 많이 하고 살았으니, 당연히 다음 세상은 지금보다 더 아름다운 행복이 기다리고 있을 것입니다.

부처님 말씀을 종합해 보면, 내 스스로는 무아를 지니고 세상일은 무상으로 보라는 말씀을 명심하십시오.

'무아'를 지닌다 함은 '탐(탐욕)', '진(화내는 것)', '치(어리석은 것)'들을 없애는 것이고 '무상'을 지니는 것은 세상일에 집착과 시비와 차별에서 벗어나면 됩니다. 그 바탕 위에서 자비를 베풀면 됩니다.

내가 이렇게 있는데 왜 무아라고 하는가? 탐진치에 내가 덮여 있으므로 이것에서 벗어나라는 말씀입니다.

왜 세상에 만물이 있는데 무상이라고 하는가? 집착과 차별에서 벗어나 순수하게 보라는 것입니다.

이 일들이 쉬운 일이 아님을 잘 압니다. 그러나 꾸준히 염두에 두고 일을 하시면 웬만큼은 이룰 수 있을 것입니다.

여러분 '저승 갈 때 가져갈 물건들'의 답변은 '빈손'입니다.

물건은 가져갈 게 없습니다. 하지만 마음은 그대로 따라오기 때문에, 이 세상에서 저질러 놓은 업보는 저절로 따라올 것입니다.

여러분, 건강하고 복 받고 오래 사시도록 부처님께 기도드리며 말기암 환자인 권선의 마음과 사랑의 글은 여기서 마칩니다. 안녕히 계십시오.

마음의꽃